U0898813

薛晓路 作品

[海洋天堂 OCEAN HEAVEN]

新世界出版社
NEW WORLD PRESS

图书在版编目（CIP）数据

海洋天堂 / 薛晓路著. — 北京 ： 新世界出版社，2019.2

ISBN 978-7-5104-6609-0

Ⅰ.①海… Ⅱ.①薛… Ⅲ.①长篇小说－中国－当代 Ⅳ.①I247.5

中国版本图书馆CIP数据核字(2018)第221409号

海洋天堂

作　　者：薛晓路
责任编辑：黄　倩
责任印制：王宝根
责任校对：宣　慧
出版发行：新世界出版社
社　　址：北京西城区百万庄大街24号(100037)
发 行 部：(010)6899 5968　(010)6899 8705（传真）
总 编 室：(010)6899 5424　(010)6832 6679（传真）
http://www.nwp.cn
http://www.nwp.com.cn
版 权 部：+8610 6899 6306
版权部电子信箱：nwpcd@sina.com
印　　刷：北京亚通印刷有限责任公司
经　　销：新华书店
开　　本：880mm×1230mm　1/32
字　　数：134千字　印张：7.875
版　　次：2019年2月第1版　2019年2月第1次印刷
书　　号：ISBN 978-7-5104-6609-0
定　　价：39.90元

因为我们在，世界无孤独。

来自中国残疾人普查报告的数据显示，孤独症（又称“自闭症”）在我国的发病率已经占到各类精神疾患的首位，平均每500个孩子中，就有一个是孤独症患者。而全世界平均每20分钟，就有一个孤独症孩子诞生。

Contents——目 录

引 子

王大福呆滞地坐在船帮上，自顾自地把手伸进海水里拨弄。

平静的海水被突如其来的不速之客侵扰，惊得倏忽分开，又迅速聚拢，从他指缝间挤出来，逃一样地向外漾出去。

他不甘心地把手张得更大，再猛地握拳，满以为可以收获整捧，却不想仍然一滴水也抓不住。

与海水间秘而不宣的游戏似乎很让这个二十一岁的男孩儿沉迷，连父亲的问话他都恍若未闻。

“累不累，大福？”

蹲在儿子身旁的王心诚接连问了两声，才听到儿子一句含糊的回应。那回应也还和平常一样，不过是对他问句的简单重复。

他抬起头，看到儿子专注的侧脸，那眉、那眼，还有嘴唇紧抿着透着倔强的样儿，跟年轻时的妻子简直一模一样。

他在心里默默叹了口气，低头继续忙活。

拇指粗的麻绳在王大福两腿上累累地绕过。绳子中间拴着黑沉沉的一块大铁砣，另一头，则绑在王心诚自己的腿上。

一个结、两个结……每打一次结，王心诚都要狠狠地扯扯绳子，麻绳在他粗粝的大手里勒出一道道白印。

看绑得够结实了，他再次紧紧打了最后一道结，直起了身。

正是夏末午后阳光最绚烂的时候，极目望去，澄净的海天连成一线，蓝得发脆的天空上似有若无地粘着几缕淡淡的云絮，整个世界宁静得空空荡荡，连风都不知所踪，仿佛只剩下他们父子俩，还有一条旧船。

这情景，美得让他一阵心悸。

“这是咱们最后一次看见这么好的天了。”他心想。

说完拍拍儿子的肩，让他站起来。

跟海水一直嬉闹的大福停了下来，转而对自己腿上新添的一道道麻绳备感兴奋，他不知道父亲又要跟自己玩什么游戏。他想抬腿，却迈不开步，只能原地蹦上两下。这种受束缚的新奇感觉逗得他乐不可支。

王心诚看着老大不小却仍然一派天真烂漫的儿子，一股热泪突然涌进眼眶，心疼得几乎要抽搐起来。面前的这个永远长不大的孩子就是他的儿子，永远无法懂事的儿子。

当那种剧痛过去，取而代之的则是更大片的绝望，就像黑夜吞噬白昼一样。

王心诚有点儿舍不得，可舍不得又有什么办法呢？

他硬起心肠，俯身费力地把大铁砣挪到船沿边，再次仔细端详酷似妻子的儿子——那直溜溜的身板、白净清秀的面孔，表情像婴儿一样单纯、一目了然。

此刻，大福还浑然不觉危险的降临，仍朝自己的父亲微笑。那眼睛眯起来就像两弯月亮。

多精神的一个小伙子！笑起来又那么好看！要不是有那种病……王心诚心里又是一阵抽痛。只有他知道自己是多么爱这个儿子，尽管是个病儿，可他从未想过放弃，今天他是怎么了？

今天他们爷儿俩都穿了没买多久的新衣服，一水没下过，包装时叠出的褶还在身上，看起来有种不太妥帖的齐整。

他给儿子抻了抻衣角，默然一瞬，终于艰难地开口道：“走了，儿子。”

不能再犹豫了，这是为了他好，王心诚决绝地想着，然后没有一点儿迟疑带着儿子纵身跳入水中。那一瞬他已心如刀割。还没来得及去主动克服水的浮力，大铁砣就带着他俩飞快地下坠。

巨大的涟漪推得小船剧烈摇晃。半晌，水面渐渐恢复平静，仿佛刚才什么都不曾发生过……

第一章 / CHAPTER ONE

王心诚再睁眼时，看到的是幽蓝天幕，月朗星疏。

那轮皎洁饱满的明月，低低的仿佛就垂在他眼前，一伸手就能够到似的。远处隐隐传来海浪拍岸的声音。那深沉的声音，像许久以前，他从儿子的海螺里听到的那样。

腥咸的海味儿钻进他的鼻孔，他觉得自己清醒了一些，但依然感觉不到身体的存在，似乎整个人已经融化在空气里，像轻烟一样随风飘荡。

他有点儿迷惘地问："儿子，这是天堂吗？"

大福的声音在他身后突兀地响起，打破了这美梦一样的幻境。

他重复着父亲的问话："儿子，这是天堂吗？"

王心诚吓得一个激灵，起身回头看，发现自己和儿子原来都躺在船上。

大福从头到脚湿淋淋地躺在船尾，冻得牙齿直打战，却一脸笑容地望着自己，那样子狼狈得像个落汤鸡。他们父子俩居然还活着！

王心诚才发现两人腿上的绳子都没了。如愿沉入海底的，只有那个沉默不语的大铁砣。

王心诚心里一哆嗦，这里究竟是天堂还是地狱？

那父子俩已经离开五天了。

他们在的时候，柴嫂总是忘了按日子撕掉桌上摆着的老式台历，好像这样就可以把老早已经过完的日子还可以留久一点儿，让惦念也久一点儿。

他们走的这几天，她倒是记得很清楚，常常天还没黑就把当天这页早早地扯下来，盼望第二天的黎明也能这么痛快地早点儿降临。

从她开在巷子口的小卖店望出去，一眼就能望到短短的巷子尽头矗立的那栋老居民楼。王家父子俩住的那间小屋，就在小卖店对面的三楼上。和王心诚父子俩当邻居有一阵子了，俩人如同上好的钟表，每天早六晚八雷打不动，这么好几天不见人影还是头一次。

不管店里忙闲，柴嫂总会时不时地往三楼的窗户望上一眼。

这天傍晚，刚招呼完一个带着孩子买零食的客人，她下意识地又往那个窗户看过去，突然发现，那个屋里的灯亮了。

王心诚带着儿子疲惫地回到家。

然而站在打开的房门口，他却忽然有点儿不敢进去。无解的难题依然在，本来已做好一了百了的准备，到头却发现这根本不是老天爷的安排。

既然老天没让他死，他就得再顽强地活下去。

屋子不大，白墙木地板，里面只有桌子、椅子、床等几样基本的家具，普通得不能再普通。摆在外面的家物什儿也不多，却都拾掇得整齐干净。主人不在的几天，这房子却也没显出许久没人照料的委屈。

大福看父亲愣在那里，顾不上父亲在踌躇什么，他径自脱了鞋，把两只鞋横平竖直地严格摆放整齐，然后走进了屋。

跟父亲在海边的时候，他捡了一只鹦鹉螺，回来的一路上他都把它贴在耳边，不停地听，好像螺壳里有片大海，跟他有讲不完的悄悄话。这种感觉真奇妙。现在，他终于端端正正地把那只螺放在了桌子上，如同带回了一个尊贵的客人。

王心诚愣愣地看着儿子，大福就像个长了张可爱男孩儿脸庞的机器人，回家的一切行动都如同被准确编程——他先去看阳台上的花，再去厨房开灯。厨房里旋即响起了自来水冲击铁皮喷水壶的哗哗响声。接着是灌水和浇花。他每到一盆花跟前，都会死死地盯着面前的植物，一直盯到涓涓淋淋的水流渗进已经干裂的泥土，消失不见为止。

他做什么都一丝不苟，那种全身心的投入让人相信，就算天马上要塌下来，他也不会有比浇花更重要的事了。

看着这一幕，一丝苦笑爬上了王心诚的嘴角。儿子的快乐如此简单，这或许是自己的不幸，却是儿子的大幸吧。他终于鼓起勇气走进了房间，墙上那排他以为永不会再看到的照片再次映入眼帘，更让他认定儿子的病或许是老天对他的厚爱，让他免去了很多常人需要承受的苦痛……

第二章 / CHAPTER TWO

时光在照片里倒退了二十二年。

那个眼角还没爬上皱纹、正笑得合不拢嘴的王心诚，还是北方一个海滨小城里造船厂的技术员。

小伙子二十出头就成了车间里的技术骨干，说话办事都带着一股意气风发的利索劲儿，颇受车间和厂里领导的器重。再加上风华正茂，人长得精神，走到哪儿，背后都黏着年轻姑娘热辣辣的目光。

想给他介绍对象的人都快踏破了他家门槛了，他却一个姑娘都没往心里去的。在他心里，只有那个后来成了他妻子的莲。

他这辈子也忘不了第一次看见莲的情景。

那也是个夏末的傍晚，夕阳快落山了，他骑车路过造船厂幼儿园，只见一个小女孩儿正欢天喜地地从门口冲出来，奔向下班来接她的爸爸，或许是太心急，小女孩一步没踩稳，结结实实地摔倒在台阶上，立马咧嘴大哭起来。

莲就在这个时候出现了，她飞快地从门里奔出来，扶起小女孩儿搂进自己怀里揉手揉腿，柔声安慰起来。

莲有着北方姑娘典型的修长身材，被一条泡泡纱的白色连衣裙勾勒出生动的起伏转折。夕阳下睫毛长长的影子，像只小手合在脸颊上。

王心诚一手扶着自行车车把，呆呆地看她哄着号啕大哭的小女孩儿，直到小女孩儿终于在老师怀里破涕为笑才抱着她送到家长手里。那一幕，王心诚看呆了。

当她像鸟儿一样轻巧地转身，正撞上王心诚痴痴的目光。时空在两人目光相撞的地方似乎停住了，某种微妙的化学反应荡漾在黄昏里。

她有点儿吃惊，又有点儿好笑似的，低下眼睛，微微抿了抿嘴角，假装什么都没发生一样走进了幼儿园。

王心诚这才发觉，自己一直傻呆呆地立在那儿，半张着的嘴巴里一阵干燥，而从来都空空荡荡的心突然间变得满满的。

这或许就是故事里说的一见钟情吧。

优秀技术员王心诚和优秀幼师于清莲的恋爱故事，在很长一段时间内都是厂里的佳话。

他们郎才女貌，门当户对，感情发展得一日千里，真是羡煞旁人。

不到一年，他们领了证。结婚那天，王心诚整整笑了一天，他清晰地记得晚上洞房花烛，自己腮帮子连接吻都疼。为这事，莲后来笑话他好久。

婚后两人的感情也是你侬我侬，连吵架都少有。

婚后没多久，两人就有了小宝宝。看着妻子的肚子一天天大起来，王心诚觉得自己真是天底下最幸福的男人。

那是王心诚迄今为止的人生历程中最快乐也最纯粹的一段时光。老车间主任即将退休，他很有可能成为下届主任的人选，前途一片大好。哪怕不为当官，一想起家里等着他呵护的妻儿，他也觉得浑身干劲十足。生活上下无处不充满着快乐和幸福。

不加班的时候，他总是早早买了菜回家，给孕吐反应严重且不能闻油烟味儿的于清莲调理伙食。饭后，还要再陪着她到海边散步，基本上没一天怠慢过。

在王心诚眼里，当幼儿园老师的妻子根本自己就是个孩子。她总喜欢把鞋拎在手里，赤着脚踩在沙滩上。那感觉别提多惬意。有时她玩兴上来了，还要推着王心诚在前面走，赤着脚去追前面王心诚踩在沙滩上的大脚印。欢声笑语都从这脚印中溜走， 咯咯地停不下来。

莲喜欢海，水性极好，怀孕的时候不能游泳了，她就把海边踩水当成和大海的亲近。每次离开海边的时候，她都一直扭头去看两个人留在沙滩上的那一串串脚印，看着汩汩地涌着白沫的潮水裹着细沙扑上来，又退下去，直到沙滩恢复到他们经过之前的平坦。

——那画面美得像在天堂。

大福生下来的时候八斤一两，是个不折不扣的大胖小子，可把王心诚给乐坏了。

有了儿子以后，悠闲的二人世界便被打破了。曾经的风花雪月被喂奶换洗、把屎把尿的琐事代替。但这些琐事也是另一种幸福滋味。

有好几次，刚把尿布拿下来，还没来得及换上新的，不懂事的儿子就噗的一声，把黄黄的奶便拉他们一身，然后眼珠子乌溜溜地转着瞧他们。那表情不哭也不闹，让小两口又是好气又是好笑，同时心里又涌起无限柔情。

这样的生活就是一家三口最简单又最满足的幸福吧。

时间就像从旧毛衣上拆毛线，拉住线头轻轻一抖，便一天连着一天顺溜溜地滑过人的手。

儿子长得很快，眉眼间尽是清莲的影子。清莲对这个胖儿子爱得不行，每天拿出幼教老师十二分的精力和耐心陪伴他。

刚到一岁时，大福学会的第一个词也是“妈妈”，让清莲为此激动了好久。王心诚常常看着依偎在一起的母子俩，觉得老天对自己太厚爱了。王心诚更是满怀期待，每天指着桌椅板凳、花鸟鱼虫，教儿子说话，就等着大福喊他“爸爸”。

然而他们没想到，直到一岁多了，大福的“爸爸”仍说得不够利索。让他学叫人，带出去跟小朋友玩总是表现奇怪，对大人的话置若罔闻，对小朋友也视若无物。

王心诚有点儿着急了，这孩子不会是哪儿发育不好吧。清莲劝他别急，教孩子也得慢慢来。她坚信自己生的孩子没问题。

可是眼见着孩子已经快两岁了，还不能说出一个完整的句子。清莲也着急了。别人家的孩子年龄差不多的都能说好多句话了。难道自己的孩子真出了问题？

而且他们还发现，随着年龄增大，儿子的行为也越来越怪异，常常对大人说的话没有任何反应，自己蹲在角落里却能看着一个陀螺玩上一天。这个现象太奇怪了！

别人带孩子来串门，大福从来不跟人家打招呼。看到人家小孩手里的玩具，直接走过去就抢，吓得别人家的孩子哇哇大哭。大福却不明所以。

王心诚为此下狠手揍了大福几回，教孩子要讲礼貌。但打归打，大福仍是这样，一点儿没改过来。

再这样下去可如何是好？这可急坏了夫妻俩。

现在问题来了，同龄的孩子都去幼儿园了，可他们的孩子敢往幼儿园送吗？这要送过去，岂不是所有人都知道他们生了一个不听话的傻孩子？

夫妻二人思来想去，觉得还是不能送幼儿园。只好由清莲长期请病假，在家里带大福。

这到底是怎么回事？大福怎么会越长越不听话呢？究竟出了什么问题？

王心诚在网上查了一些资料，他隐约觉得孩子肯定是哪儿出了问题，可是他不敢往下深究，他不能接受自己生的孩子会出问题。

那段时间，夫妻二人甜蜜的生活蒙上了一层淡淡的阴影。

第三章 / CHAPTER THREE

大福三岁生日那天，清莲在商场里给他买了个发条海豚玩具。拧紧肚皮上的发条，海豚身前的两只小手就会一上一下，有节奏地敲响脖子上挂的铁皮小鼓。

王心诚看见这玩具的时候还笑妻子傻，怎么买这个，在海边长了这么些年，谁见过海豚有手，还会打鼓啊。

可没想到买回家后，这玩具成了大福的命根子。他倒从来不拧发条，也不让海豚打鼓，只是把它像个宝贝似的搂在怀里，每天不论吃饭睡觉都要抱着它，生怕它飞了一般。

大人若是从他怀里拿走玩具，他就哭闹个不停，非得抢回来抱在怀里，而且晚上睡觉也不撒手。

冬天这小玩意儿冷冰冰的，晚上睡觉就算贴着身子也焐不热，他不管不顾，也不嫌冷，就是死命地抱着。

谁能想到，这一抱就是好几年。

“儿子是真的不正常吗？”王心诚不甘心地想，清莲不甘心地问。

他们想了很多原因，试图解释儿子的反常。二人经常讨论到半夜也没个结论。最后二人商量还是得去儿童医院检查一下。

王心诚带大福去了当地的儿童医院检查后，医生竟然说儿子在生理上一点儿毛病也没有，只是不爱说话，不合群，喜欢自己跟自己玩。这也不是什么病，说不定再长大几岁就好了。

后来夫妻俩又找过当地的几家医院，医生也说不出个子丑寅卯，有的说孩子可能智力发育迟缓，比一般孩子都慢。有的说孩子就是有点儿弱智。弱智又不是病，也没法治，只能等他长大点儿送特殊学校上学吧。

医生几句轻描淡写，但对他们来说无疑是晴天霹雳。两人辛辛苦苦生了一个弱智，谁愿意接受这样的事实啊！

清莲不停地抹眼泪，摇着头反复念叨：“不可能，大福不可能是弱智！怎么可能是弱智呢！”

王心诚绝望地看着清莲。那一刻他深深意识到他们天堂般的幸福生活就要结束了。

清莲每天以泪洗面。别人家的孩子都聪明伶俐、能说会道的，自己却生了个弱智孩子。怎么会这么倒霉？真是命运捉弄人！

眼看着大福一天天长大，智力却仍像个三岁孩子。

王心诚实在看不下去了，他跟清莲商量：“咱们还是带大福去北京看病吧，北京医院多，也权威，看看这孩子到底是什么病。”

清莲苦涩地点点头。这个时候已无他法，也许北京真能治好大福的病。

大福六岁那年，他们带大福去了北京的医院看病。

北京——原本这是小俩口想来度蜜月的城市，却没想到现在他们以这种方式到来。

从儿童医院辗转到北京第六医院，最终医生很确切地告诉他们，孩子得的是孤独症！

孤独症？！

王心诚死死盯着中年女医生的嘴唇，发现她说的每一个字都敲打在他耳膜上，却无法串成有意义的句子。

他把那几个字和随后长长的解释在心里翻来覆去地过了好几遍，

才觉得脑袋里“嗡”的一声，心里有什么东西猛地坠下去，那些词稀里哗啦地碎了一地。

即使是多年后的今天，也并没有多少人能真正清楚“孤独症”究竟是个什么疑难杂症。人们眼里看见的，只是些行为乖僻、很难与其他人甚至亲人进行情感交流的孩子。

他们不喜欢亲昵的拥抱，不能理解各种规则，也几乎不会运用对话来表达自己的想法和好恶。嘴里说出来的，往往只是刻板的鹦鹉学舌，或者只有他们自己才懂得的只言片语。

他们看上去对一切都漠不关心，只沉浸在自己内心深处某个隐秘孤绝的世界里，着迷于单调重复的动作和一成不变的环境。他们看上去专注、执拗，不会与人沟通，不会交流，跟最亲的家人都不会说几句完整的话。旁人永远不知道怎样才能打开他们紧闭的心门。

这就是孤独症，他们的大福就得了这么一种怪病，而且无药可治。

清莲当场就哭了出来。她不能接受自己的孩子真的是得了一种不治之症。

饶是人类医学的发展日新月异，却至今也难以探明孤独症的具体病因，只知道它可能和遗传、感染、免疫等诸多因素相关。

不知起因，自然更无从预防。于是，它就像一个从天而降的无妄之灾，“咣当”一声砸在王心诚幸福之家的屋顶上。

大福被确诊的那天，王心诚知道从此他的肩上要背负着什么。

在北京确诊的那晚，清莲一夜没合眼。

在小旅馆逼仄的木板床上，儿子睡在最里面靠墙的位置，呼吸匀净，那表情安静单纯，和平时一样心无挂碍。

清莲睡在中间，一只胳膊紧紧搂着儿子，生怕他会在半夜突然飞走一样。

王心诚在最外面，和妻子一样，平躺着直挺挺地对着天花板。

两个人都默不作声，但他能感觉到，紧挨着妻子的臂膀那儿传来一阵阵被深深压抑着的悸动。

他心疼，却又不敢打扰她，更不敢劝，只怕越劝越不可收拾，只是攥紧了她空着的那只汗津津的小手。

可这悸动几乎整夜没停，到旅馆的窗户透进蒙蒙的天光，他伸手摸过去，妻子的脸上还是一片湿凉，半张的嘴唇抖得不成样子。

那一刻他也崩溃了。长久积压的痛楚一下子从身体里倾泻出来，他号啕大哭。

从此，清莲的脾气一下子变得古怪了。

从前，她像所有得宠的漂亮姑娘一样，大方、自信、要强；怀着点儿无伤大雅的小虚荣，还有种可爱的单纯。

从前，她喜欢和人打交道，待人处事从不斤斤计较，透着开朗自信。

在家里，她是王心诚的大孩子，又是他的小妈妈，懂事、贤惠，偶尔闹闹小脾气，但从不无理取闹。

他们之间，有着情人的彼此痴迷、知己的全心信任，还有亲人的刻骨依恋。那种感觉，只要王心诚想起来，都会情不自禁地笑出来。

可大福的病让她成了一个阴晴不定、难以捉摸的人。

哪怕上一秒钟，她刚在王心诚苦口婆心的劝说下笑着点头，愿意相信大福的病不是自己的责任，信心满满地说自己能教好那么多小朋友，就不信教不好自己的儿子；可下一秒钟，她脑子里就不知又转过什么念头，心灰意冷地躲在角落里，望着懵懂的儿子潸然泪下，完全不能控制自己的情绪。

王心诚看在眼里，疼在心里。他知道清莲的痛，他的痛也并不比她少一分。

清莲始终没想通，为什么这样的事会发生在自己身上。

虽然她还是会努力地把家里操持得井井有条，努力教大福最简单的生活规则，却开始害怕出门；害怕碰到熟人问她，大福是不是快上小学了，打算去哪个学校啊；害怕别人到家里串门；害怕他们看见一个行为怪异、长这么大了还不怎么会说话的儿子。她甚至见不得不认识的人在她身前身后议论什么事，仿佛只要一议论，肯定是说他们家那不正常的儿子。那一刻，不管她听见还是没听见，她都觉得脸上火辣辣的。那种滋味太不好受了。她只有把头低下，恨不得低到尘埃里，赶紧匆匆走过去，生怕别人看到她那一脸又窘迫又尴尬的表情。仿佛别人说的每一句话都是在指责她做母亲的失败和不尽责任。

王心诚的日子也不好过。他几乎每天都要听清莲念叨，听她把他们俩的家族史分别往上梳理到无法追溯的一代，猜测大福得病的原因；听她回忆怀孕期间遭遇过的种种鸡零狗碎的小事，并分析这些细节哪些可能成为大福生病的罪魁祸首。

这些话每天翻腾来翻腾去，已听得他耳朵都快磨出茧子了。

她说得更多的是追悔：要是当时我不这样，要是你当时不那样，说不定现在就没这事儿了。都怪我，也都怪你！你看看现在把孩子生成这样，这以后可怎么办……

她总是边说边哭，怎么劝也劝不住。

王心诚从一开始和她一同伤心，一同掉泪，反复劝她、安慰她。到后来他实在是劝不动了，眼泪也快流干了。他只是在一旁沉默地听着，等她说累了给她递上一块热毛巾，给她擦眼泪。

再到后来，听到这些车轱辘话，他已然全无反应了。那些话他都能倒背如流了。每次只要清莲一张口，他都知道第二句要说什么。

有一天，王心诚在车间里检修机器的时候，他脑子里突然闪过中学课本里学过的祥林嫂。他竟然把自己最爱的那个女人想成了祥林嫂，这让他觉得毛骨悚然。

其实他心里也委屈，也郁闷，曾经触手可及的一家三口其乐融融的生活，没来由地就化成了泡影。他自认从没做过什么亏心事，为啥老天这么对他。

每次看见只会自己逗自己乐的儿子，想想以后漫无止境而又结局未卜的煎熬生活，他的心都疼得像被零刀碎剐一样。

在没人看到的地方，他几次把拳头顶住嘴巴，让自己纵情号啕，仿佛痛苦会和泪水一样流尽。然而这不是个噩梦，醒了就可以一切从头开始；这也不是个错误，错了还可以改过再来。这是活生生的一条人命啊！

一个人，哪怕无法过正常人的生活，也得帮他循着人类亘古不变的自然规律，一天天活着，长大，变老，直到被自然淘汰的时刻到来。作为被命运选中的父母，只能选择接受。

而他是个男人，他不能倒下，他还有妻儿要照顾，这个家终不能就这样，像个不堪的悲剧，一路哭哭啼啼地收场。日子，不还是终究要过下去？都说家家有本难念的经，谁叫他赶上了。他得认命。

他只是没想到，儿子的病竟还不是悲剧的高潮。不久后发生的一件事，更让他陷入崩溃的边缘。

第四章 / CHAPTER FOUR

如果世上有后悔药，那天，他一定不会让清莲自己带着儿子到海边游泳。他是太大意了。

清莲是土生土长的船家姑娘，水性好得像条鱼，只要天气允许，恨不得天天往水里钻。

而大福自打刚满一岁，就被清莲在脖子上套个小救生圈，把他往海里扔，教他游泳。

这孩子也像是跟水特别有缘，第一次下水就没哭过一声，不但一点儿没表现出害怕，还在浪花里拍胳膊蹬腿，笑个不停。

发现大福有病之后，他们和儿子之间唯一有效的沟通就是去游泳。只有在水里，他动作的协调、舒展，他的快乐、松弛，才会像个完全正常的孩子一般。也只有在这时，他似乎才能打开心扉，用肢体语言向这世上与他骨肉相连的两个人表达亲密。

他们带着儿子去过海边无数次，谁能想到，偏偏那一次，毫无征兆地，清莲竟出了意外!

很多年过去，王心诚也不敢特别去回想那些细节。那是个不能触碰的伤口，已经深入骨髓，永远也长不好。

多年来他甚至已经形成一种本能，只要思绪接近那个雷区，就会自动变得一片空白。之后，胸口就像被某种野兽的巨爪牢牢按住一般，会让他只剩下喘息的力气，再无追根究底的富余。

不去想，不敢想，不能想，想也没用！王心诚一遍遍这样告诉自己，洗脑一般。

人已经没了，再想有什么用？全是他的错，为什么那天他本可以陪清莲和大福去海边的，他一时犯懒了没去，结果……结果就是诀别!

照片上那个依偎在他身前，明眸皓齿，笑得一脸甜蜜的姑娘，他的妻，就这样突然地走了。她被大海带走了，莫名其妙地带走了。

有时他甚至会想，真的是大海把她带走的吗？还是她自己早就打算跟着大海走了？

只要想到这一层，他的心更疼了，本已流干的眼泪仍会止不住地涌出来。

终究是他害了她。他没保护好她！

所以他还有什么理由埋怨她一走了之，埋怨她从此把这担子撂给了他一个人。他没资格埋怨，他只能为她少受世间这些辛苦而庆幸。

花只浇了一半，水就没了。大福又躲进厨房里鼓捣出叮叮当当的声音，那声音打断了父亲的思绪。

王心诚把目光从墙上那排照片上收回来，颓然地坐倒在沙发里。他故意转身背对着它们，免得里面的一双双眼睛会在注视中质问他：你这是怎么了？又到底想怎么样？

上次带大福回老家，他其实就是想一了百了的。不是他残忍，而是实在不知道以后怎么安置大福。自己在，就是豁出命也要照顾好儿子。这是他在妻子的坟前许诺过的，但是如果自己不在了呢……

桌子上那个大信封里装着一封信，王心诚愣愣地盯着，目光一动不动，仿佛凝固了一般。那封信上面写着他最后的殷殷托付。这信是要给柴嫂的。

那天临走时他给了柴嫂家门的钥匙，叮嘱她过一星期来照看一眼。想着到那时候她再发现这封信，一切木已成舟。虽然她一定会伤心、会怨他，但他实在找不出第二个人还能容他这样放肆地伤上一回。

现在这封信仍放在原来的位置。看情形，没到一星期，她还真没来过，这让他心里稍稍宽慰了一些。

他拿起那信封，把信抽出来又重新看了一遍：

“柴嫂，我和大福走了，有几件事要麻烦你……”

真傻，真的，现在看来，这些话就像个笑话。其实，要是人都没了，还有什么好托付的，无非是钱、房子，这些身外之物。

他并不想拖累别人，这辈子已经活得够拖泥带水的，够不敞亮了，他只想清清楚楚、干干净净地离开。可没想到连这份清清楚楚、干干净净，他都拥有不了。

“老王，老王，在家吗？”

门外忽然响起脆快的叫门声，吓得王心诚手一抖，信封啪嗒一声掉在地上，里面的存折、房本都摔了出来。他赶紧手忙脚乱地拾起来，想不好把手里的东西往哪儿塞，情急之下顺手塞到了沙发垫子下面。

门开了。柴嫂腋下夹着这几天积下的一叠报纸，抱着一只软塌塌的布狗玩偶，空出的手里还拎着一桶食用油，悄声地站在门口。

门里的男人才几天不见，可看上去好像瞬间老了好几岁。在屋里透出来的暗淡灯影下，他脸色青灰，眼神游离，有点儿魂不守舍，甚至都忘了请她进去。

“我这一抬头，看见你家里的灯亮了，我赶紧就过来了……这是这几天的报纸，还有街道送给大福的生日礼物……哎，你倒是接一下啊！”柴嫂的嗓门大了起来。

听到这句话，王心诚这才如梦初醒，忙不迭地伸过手去。

柴嫂把东西递给他，自然而然地想往屋里去，却发现男人的身体刚好把门堵了个严严实实。

今天这个王心诚有点儿怪怪的，跟平时好像不大一样。柴嫂心下觉得奇怪，面上却笑着嗔怪道：“你就让我站门口说话啊？”

王心诚愣了一下，赶紧侧身让开，脸上泛起尴尬的笑容：“是……是我糊涂了。”

柴嫂径直走了进去。这还是她熟悉的屋子，每次来，所有东西都摆在同样的位置，基本都没有动过。他们做了这么些年的邻居，也从来没见家里的东西变过。柴嫂环视一圈倒也没发现什么异样。

眼前的这个男人她也了解。十几年前他孤身带着一个儿子，从外地搬来，一直找不到稳定的工作，就靠打各种零工养活自己和孩子——那时她自己还没离婚，还有个家。

后来住时间长了，大家也都知道这孩子打小就有病，七岁那年孩子他妈又意外去世，一个男人独自撑起了这个家，委实不容易。

家里没女人，可也从来没见他们过得窝囊不成样子。

两人每次出门，总是收拾得干净爽利，衣服都干干净净的，让人看着舒服。他总是紧紧拉着孩子的手，见人脸上就带笑。周围的邻居对这爷儿俩印象都挺好。大家也没有因为大福这病嫌弃这孩子。

那回王心诚到她小卖店里买酱油，付钱的时候正赶上店里一根电线突然短路，店里漆黑一片，空气中弥漫着胶皮烧焦那种难闻的味道。当时柴嫂吓坏了，有点儿不知所措。

王心诚只是把钱压在柜台上，跟她说别担心，转身就走了。

柴嫂以为他随口安慰几句就走了，没想到等他再回来，手里已拿上了手电筒和工具，二话没说，闷头就修起来。

柴嫂感激地看着他忙上忙下的身影，心里突然很暖，已经好多年没有体会过被人照顾、有人依靠的感觉了。王心诚只顾专心修理，当然不知道柴嫂正满怀感激地看着他。

三下五除二，王心诚就把电路给修好了。临走的时候，柴嫂硬塞进他手里两瓶水和两包烟，不想他一样也没拿，只憨憨一笑就走了。

哎，真是个老实人、好人，也是一个苦命人。柴嫂看着他的背影，心里不住地叹道。就跟她一样，都是苦命人。

以前她看到别的女人被老公抛弃，总庆幸自己的老公还行，至少没背着她拈花惹草。哪知道，只是她傻，天天闷在那个小店里什么都不知道。等到她老公突然跟她提出离婚，她才如梦方醒。跟王心诚一比，她真觉得自己那老公离开也好，论人品、善良、气度，样样比不上。

这年头，老实可靠的男人没几个，王心诚绝对算一个。只是今天，这老实人有点儿像丢了魂，跟在她身后进屋，却半天都忘了放下手里的东西。

“你怎么了这是，木木呆呆的，倒是把东西放下啊。”柴嫂看了王心诚一眼，从那如梦初醒的脸上看出一丝慌乱。

这几天没在家，也不知这爷儿俩上哪儿去了。她环视一圈，随即看到了电视机旁边的鹦鹉螺，不禁拿起来一看：“哟！海螺还有长成这样的呢，你们这是上哪儿玩去了？”

这时大福听见声音，从阳台上快步走过来，小声嘟囔了一句：“柴姨好。”

他紧张地盯着柴嫂手中的海螺，生怕她就这么拿走了，赶紧想也没想地从她手上夺了过来。这可是他的宝贝，谁也不能抢走。他把海螺小心地摆回原来的位置。

柴嫂好笑地看着大福，也没说什么。

大福见柴嫂没有再打海螺的主意，又走进厨房，忙活他自己的事儿去了。

柴嫂笑了笑。从认识这孩子起，他就这样，她也见怪不怪了。

客厅里只留下王心诚和柴嫂，他们四目相对，那气氛有些微妙。

王心诚有些紧张，他觉得女人的目光里有什么勾得他嗓子有些痒痒的，连忙转过头，低声干咳了两下。

柴嫂会意，便从兜里掏出一串钥匙放在桌上，半开玩笑地说道：“你回来了，我就别再拿你们家钥匙了。你可看看别丢什么东西。你说过七天让我过来照应一眼，这才五天，还没到七天哪，我可没进来过啊。”

王心诚一脸干笑，可一时又不知说什么。

柴嫂知道这个男人一向话少，她又说道：“哎，你不是说要去好多天吗？怎么这么快就回来了？”

这话真是问到了痛处。王心诚避开她投过来的热辣辣的目光，没事找事地去开电扇，然后支支吾吾地答了一句：“啊……我临时改主意了，所以就提前回来了。”

王心诚走的时候告诉她要带着儿子出去旅游，她也没有细问，但她心里明白，也许出门旅游只是借口，没准就是带孩子去看病。她更倾向于认为这个要强的男人是为带儿子出去看病找个不会让人另眼相看的理由。

于是她试探地问：“这次出门，是带大福去看病吧？”

谁知道王心诚竟断然否认了，口气还很大。

柴嫂看他有点儿恼火，心里有些不悦。心想我这是关心你，随口问一句，至于吗。

有时她也有些看不明白，面前的这个男人有时也挺奇怪的，好似刻意做出一种与她保持距离的姿态。

她一直觉得，她和王心诚之间至少要比普通的邻居走得更近一些，说不好有一天还可以更近一些。然而这次外出回来，王心诚表现出一种前所未有的防备和抗拒，像是从来没把她当自己人一样，所以她才故意让他看看房间里丢没丢东西。

这个男人有时她真有些琢磨不明白。他对我究竟是什么意思？难道连些许的好感都没有？至少比一般人多一些信任吧？如果没有这份信任，他为什么要把钥匙这么重要的东西让我保管？但既然对我信任了，为什么回来又对我这么生分？难道我心里所想的一切，都是自作多情？

柴嫂一时不知说什么，客厅里的气氛有些僵。这让她心头涌起一股突如其来的尴尬。

大福的出现及时解救了他们。他从厨房里拿出碗筷，旁若无人地径自走向餐桌，毫厘不差地摆下一碗、一筷、一碟，坐下来安静地等待，这是他对肚子饿了的最明确的表示。

王心诚知道大福饿了，赶紧去厨房张罗着做饭。柴嫂见状，紧绷的神经总算放松了下来。她并不想现在就离开，而是闲不住地走进卧室去开窗户。

“瞧瞧你们这几天不在家，也不知回来打开窗户通通气，家里一股子味。”见没人回答，她又顺口问，“大福，你爸带你上哪儿旅游去了？”

“大海。”大福明白地答了一句。

“是吗，上大海玩什么了？”柴嫂继续问。

大福说：“跳水。”

跳水？这算哪门子的闲情逸致？柴嫂有些不明所以，又有些好奇，还想再问下去，但这时王心诚从厨房里走出来，到冰箱那儿拿鸡蛋，成功地截住了她的话头。

冰箱里只有鸡蛋了，也没什么别的菜可做。王心诚拿了两个鸡蛋继续转身又进了厨房。

见王心诚也没打算留她吃饭，她在这儿确实也不好再待下去，只好告辞。

临走前，柴嫂突然想起一件事，便跟去厨房说道：“对了，差点忘了，有个人民医院的周医生打我那儿电话找你，说你手机关机了。”

她看见王心诚的表情一僵，他顿了一顿问：“哦，周医生说什么了？她是不是有急事？”

怎么一听周医生的电话就这么紧张？柴嫂心里有些不舒服，倚着厨房门低声道：“也没说什么。我告诉她你出门旅游了，她说等你回来再说。哎，我听她声音挺温柔的，人是不是也长得挺漂亮的？”

这问话中显然带着点儿醋意。

王心诚愣了愣，只回了声：“哦。”

见王心诚这么心不在焉的，柴嫂也不想再追问下去了，转身就告辞了。

是啊，每个女人都有自知之明，柴嫂更是。心里越是对王心诚在意，她就越怕他轻看了自己。自从离婚后，柴嫂也认识过几个男人，但是没一个让她动过心，除了眼前这个老实巴交的男人。

第五章 / CHAPTER FIVE

看着儿子专注地对付面前的一大盘炒鸡蛋，偶尔扒拉一筷头米饭，王心诚多少心里有一种满足感。儿子喜欢吃自己做的饭，这就足够了。

他自己打开了一小瓶二锅头，在大福对面坐下来，心事重重地一小口一小口地抿起来。

辛辣的酒精划拉着他的嗓子，一路烧到心口，又沿着食道、喉咙、鼻子一路反烧上去，弄得他眼睛也红了。

“大福，那绳子是你解的？你不想跟爸爸走是不是？”王心诚突然没头没脑地问。喝点儿酒他反而清醒了，那绳子是他绑的，怎么可能松开呢？按他的计划，他们这时候应该已经和清莲团聚了。

大福没停止咀嚼，含混地重复一句：“不想跟爸走是不是……”

“大福，爸问你正事！”王心诚红着眼圈，捧住了儿子的脸，让他跟自己对视，“你不想跟我走，是吗？”

大福的脸在父亲的手里紧张得有点儿变形。他躲开父亲锥子一样的眼光，慌乱地说：“是吗……”

“别重复！”王心诚的眼泪终于涌了出来，望着对面这张懵然无知的脸，又难受又激动地说，“大福，你不跟我走，要是爸走了，谁来管你！”

活了四十多年，王心诚并不认为自己是个脆弱的人，哪怕儿子得了终生都甩不掉的病，而妻子又早早丢下他们爷儿俩撒手人寰，他伤心、痛苦，却都没有因此起过轻生的念头，直到不久前，他拿到肝癌晚期的诊断书。

那天要不是差点儿疼昏在家里，他本来也想不到去医院这种地方消遣。这四十多年，他只为大福的病去过医院。自己这些年虽说小病不断，但他自认为身体还算结实，不至于得什么大病。

开始他以为只是劳累引发的小毛病，请医生给开点儿止痛片之类的也就行了，然而检查越做越多，到最后那个周医生竟然要他请家里人到医院来一趟。

周医生委婉的口气让他心里掠过一丝不祥的预感。难道自己真得了什么大病？王心诚有点儿不敢置信。

等他说清家庭情况，坚持要自己跟医生谈时，周医生同情地叹了口气，望着他的眼神瞬间变得暗淡了。她沉默了一会儿，才递给他一张纸，是电脑打出来的，白纸黑字。可能周医生自己都无法开口吧。宣判死刑的事终究还是需要勇气的。

捧着那张纸，他看清了那几个字，心里不是难受，很奇怪的反而是一片空空荡荡。本想再向周医生多问几句，再证实一下，但喉咙被什么东西堵住了，什么也说不出来。

直到机械地走出医院大门，他才感觉到悲伤的降临。这下，他们父子俩的天是真要塌了！

为什么老天爷这么恶毒残忍，一再为他们这个平凡的小家降罪，甚至连苟且偷生的机会都吝惜不给？到底他们前世今生都造了什么孽？这一刻，他欲哭无泪。他想哭，却笑了出来，笑得极其难看。

他一直都是要强的人，在厄运中挣扎着，体面地活了半辈子，虽然失去妻子，儿子又是病儿，但他依然坚强地、有尊严地活着。

他想看到大福长大，他想告慰故去的清莲。他不敢想象自己再没了之后，在父亲无微不至的荫庇下才得以像个人一样活着的儿子该怎么办。

他走后，谁来照顾大福——一个早已成年却连衣服自己都穿不好的永远长不大的大孩子？

谁给他洗衣做饭，时刻注意他的安全，容忍他一辈子只会接受不懂给予、无法自食其力？

谁能容忍他心情烦躁时打人、自残、大发脾气？

谁还能受得了他每天怪异无常的行为？不知情的外人永远像对怪物一样对他不约而同地排斥和抗拒。

他简直一闭眼就能看见失去他的儿子像头小兽一样流落在街头，衣衫褴褛，神情惊恐，在旁人嫌弃的呵斥中吓得浑身直打晃……他怎么受得了这一幕真正发生呢？！

这一刻，他终于理解了清莲当初那种绝望的心情，原来她早料到儿子的病只是灾难的开始，而他竟然十多年后才觉悟。清莲比他聪明，先走一步，至少能少受些这样的煎熬。此时，他甚至羡慕清莲，再也不用体会这种人间的艰难。

他该怎么办？

他想这件事已有好一阵子了，他甚至再次跑到了医院找到周医生确认，他多希望医院是误诊。这年头，误诊的事很多，他很可能赶上了。

可等到他确认自己的病真的没误诊，周医生把详细的报告一页页翻给他看时，他知道终究是再没一点儿希望了。并且，周医生说如果保守治疗的话，他顶多还有三四个月的时间。

三四个月？！

王心诚像是被人当头打了一记闷棍，当时差点儿没站住。

周医生扶着他，问他要不要马上住院。

王心诚摇摇头，他还哪儿有时间住院，他得赶紧安排大福的后半生！

第一个想到的人就是柴嫂，但想想又否决了。

邻居中，他跟柴嫂最熟悉。柴嫂为人热情，对大福也不错，但是自己作为亲生父亲带大福尚且感到无望和艰难，自己怎么能把这种负担推给一个旁人？！如果他知道柴嫂离婚了，她还年轻，还有机会再婚，有了大福，可就是害了她啊！

看她在店里忙前忙后的身影，他实在张不开口。况且他也没什么钱，把儿子托付别人这种事，没钱就更难开口了。

056
海洋天堂

王心诚感觉得到柴嫂对自己的心意，但是对自己的人生来说，除了当好大福的父亲，其他一切都是奢求了。他根本不敢想。

自从知道得了病，他茶不思饭不想，每天就是看着大福发呆。终于那个念头跑出来的时候，他自己都吓了一跳。

可是除了这一条路，他实在没有别的办法可寻了。

那晚，他终于下定了决心。他并没问儿子，反正问也没有用，他根本不指望儿子能懂。

如果带儿子来到这个世界就是个错误，他愿意亲手把错误终结。

大福这么喜欢大海，那么就选择在大海里共度下半生吧。

他开始详细计划，先选择回到老家，那边的大海很偏僻。从那儿跳下去，应该没有什么人可以救，生还的可能性小。

接着再开始写遗书。钥匙就交给柴嫂，等他们出事后，柴嫂应该会帮着他们处理后事……

他自以为计划得很周密，可是他万万没想到，儿子会不愿意。他竟然是懂的，他并不像自己想象的那样，脑子里只有一片混沌，完全没有逻辑和思维。他能判断这件事的好坏，而且他要选择继续活着。

儿子水性好，绳子都没能绑住他。王心诚死也没想到，大福会选择逃生，而且还把他也救了。

看着大福吃饭时狼吞虎咽的样子，他终于醒悟，儿子也是个活生生的人哪！他怎么可以亲手杀死自己的儿子！

酒精点着小火苗，烧到了脑子里，仿佛把这些天以来一直郁结在那儿的愁和疙瘩都烧透了，全成了灰。

王心诚吐出这些天来的第一口长气，开始觉得，之前的自己也许太草率了，他没有考虑大福的感受，也许他应该考虑别的可能。说不定，还有别的办法让儿子离了他也能好好地活着。

哪怕找到这办法很难，希望很渺茫，可他总得试试不是？

门外又响起一阵敲门声，他连忙抹把脸，稳稳神，问了声是谁。

门外没人答应。

会是谁敲了门又不说话。王心诚开门一看，只见门口地上摆着两碗菜，一碗是红烧肉，一碗是卤鸡蛋。

他端起碗快步下了几级台阶，从楼道里的窗户往外望去，正看到柴嫂刚走出单元门。

原来是她！也只有她会对他们父子俩这么好！

真是个好女人啊……王心诚心头一暖，想大声道谢，声音却在喉咙里哽住了。他一直羞于表达，尤其是在柴嫂面前。

看着她的背影在道旁的树影和灯光里时隐时现，那画面美得让人出了神。一直到她走进小卖店，王心诚仍直直地盯着那背影，眼都不眨。

柴嫂轻轻推开店门，被门掩住的温暖的黄色光晕顿时柔柔地泻了一地。

为了大福，王心诚抑制了自己作为普通人的一切欲望。

第六章 / CHAPTER SIX

第二天一早，王心诚像从前一样带着大福去上班。

王心诚在海洋馆里当电工。这份工作，是他在这个城市干的时间最长的。以前王心诚是在造船厂，在那儿不管多精密复杂的设备他都玩得转。来海洋馆里做这种最基本的电路、仪器维护和检修，对他来说绝对是信手拈来。王心诚要的工资低，干活利落勤快，唯一求老板答应的就是让他允许自己每天带大福一起上班。

难得这儿的老板人好，爽快大方，同意他带着儿子来上班。既有对王心诚的同情，也有想留下他这把好手的心愿。而且更关键的是，他选了这儿，是因为大福。儿子喜欢这里——喜欢里面哪怕是人工的、仿造的海，还有和海里一样的大白鲸。

十多年了，从老家来到这个没有海的城市，大福有很长时间都不能适应，整天表现得烦闷而焦虑。直到两年前王心诚开始到海洋馆工作，第一次带大福到这儿来，馆里模拟出的海洋生态仿佛唤醒了他心里深埋的某种情感。他奇异地没有因为身处新环境而表现出紧张与恐惧，反而兴奋地到处跑。

到了白鲸池那儿，他看着波光粼粼的莹蓝色水面，竟然不管三七二十一，扑通就跳进去游泳，把父亲和馆里的工作人员都吓得够呛。

虽然有过这样的意外，但王心诚从儿子久未表达的快乐中发现了这份工作的适得其所。海洋馆他来对了，这里适合大福。他一边训练儿子不要在馆里做出特别出格的举动，一边努力取得周围人的理解。

渐渐地，大家也习惯了馆里的这个编外人员。或者，大家心里待这个大男孩儿，就像待池子里那些一天只知道游来游去的水族一样——他几乎不懂人事，海洋馆里，并不在乎多一条这样的鱼。

今天父子俩重新回到海洋馆，大福远远看到几天没见的大海和大白鲸，比回家还高兴，拿着他的宝贝鹦鹉螺，沿着馆外地上铺的、他早走熟的花砖，一路小跑。那兴奋劲儿把周围的人都感染了。

王心诚看着大福手舞足蹈的样子，心里竟有些暗暗的后悔。儿子应该有活着的权利，那是属于他自己的生命！即使作为父亲，这个最亲的人，也不应该剥夺他生存的权利。

海洋馆还没开始营业，里面空荡荡的，只有几个工作人员在做例行的检查和清洁。

大福进了门，也不顾正在擦玻璃的清洁工老郑冲他打招呼，径直奔向海洋馆里的声音走廊。这是他最喜欢的地方。

长长的走廊两边，挂满了各种海洋动物的图片，每个图片下面都配着按钮。大福头也不抬，准确地走到大白鲸的图片旁边，伸手摸按钮，走廊里顿时回响起大白鲸婴儿般咿呀的叫声。

大福得意地抿着嘴乐了，一边乐一边继续轻车熟路地穿过走廊，来到白鲸池旁边，飞快地趴下，深吸一口气把头埋进水里，嘴里发出跟大白鲸一样的叫声。

很快，两条大白鲸循着声音欢快地游过来，像见了久别的老朋友一样在大福脸上亲昵。

大福也抚摸着它们，回之以亲吻，那满脸的陶醉模样，似乎幸福像糖一样溶在水里，又把他浸在其中。

正蹲在工作区的池子边上训斥两个徒工的海洋馆老板老唐，远远看见穿着工作服的王心诚肩上扛着卷电线，讷讷地走过来。他还没完全发出去的火像浇了油一样，又爆出一大丛火苗。

老唐站的这块地方，出于装修效果考虑，吊了个恨不得蹭着人脑袋顶的天花板，再加上低低悬垂下来几乎要碰到水面的灯，绝对是个需要天天紧盯的高风险区域。一旦灯泡坏了，或者电路哪儿受了潮，导致漏了电，一池子鱼就全得完蛋。到时候，卖了这几个电工也赔不上。

本来王心诚在这几个电工里年纪大点儿，眼里有活儿，做事也细致，老唐对他很放心，可他竟然赶在旺季一天也离不开电工的时候，请假带儿子去旅游了，剩下几个扶不上墙的阿斗，连灯泡坏了三天都不知道修，怎不让老唐气不打一处来！

王心诚不用老唐吩咐，麻利地就把灯泡修好了。

等王心诚漂亮地干完活儿，老唐忍不住发了句牢骚："老王啊，你还是个老员工，关键时刻给我掉链子啊！现在都什么时候了，馆里那么多活儿要干，你倒好，还有工夫出去旅游！"

王心诚尴尬地低头道歉，头上新冒出的一簇白发在空气里微微颤抖。他知道老唐的脾气，这时候他最好不发一言，不然老唐的火气会更大。

老唐看着这额头皱纹像刀刻出来一样的老哥哥，也不忍再骂下去。他们站在穿过海兽池底部的透明隧道里沉默了一会儿，老唐转换了口气问："我知道你也不是去旅游，又带大福看病去了吧？"

王心诚开始先点点头，马上又老老实实地摇头否认。他不知道该怎么解释，他也说不出口。

他们还没来得及就请假的理由进行更细致的讨论，大福就突然出现在隧道外面的池水里，隔着玻璃朝父亲咧嘴一笑，随即又像条鱼一样潇洒地摆摆腰腿，直冲向水面。

老唐看着这一幕，吓了一跳，望着大福箭一样劈开水前行的身影，不禁感慨道："天啊，你们家大福根本就是条鱼啊。"

王心诚苦笑道："是啊，他是投错了胎，成了人，所以就得了孤独症。"

老唐拍拍他的肩膀，不知道该说什么安慰他才好，只好转移话题，叮嘱他现在旺季客人多，馆里准备加场喂鲨鱼表演，得让大福换个时间游泳。

王心诚点点头，老唐能收留儿子在馆里，就已经是开恩了。

每天早上跟父亲去上班，在表演池里和一帮不会说话的朋友一块儿痛痛快快地游会儿泳，是大福的例行节目，也是他最快乐的时候。

在这个与众不同的大男孩儿心目中，世界就是依循着一种永不改变的规律运行，不应该有变化，也不应该有任何发生变化的可能。

就像我们认为太阳每天东升西落，而宇宙最基本的数学原理就是一加一等于二一样，他需要每次用完牙刷后都把刷头摆向同一个角度；需要看到柴嫂送来的小狗玩偶永远像他第一次看到时的那样，被父亲摆在电视机顶上；需要把父亲一次又一次从沙发垫子下转移到抽屉里的大信封，一次又一次地塞回到他认为的原来的位置……

他需要条理和不断的重复，这就是他认知世界的方式，是他的世界里颠扑不破的真理，是他和这个世界发生关系的原则，简单而理所当然。所以，当父亲告诉他上午不能再游泳的事，在常人看来无比合情合理，而在大福看来，却完全不可理喻，也不能接受。

但是他无力反抗，也不知该如何表达自己的不满。

在这个本应尽情享受戏水乐趣的时间，父亲却让他待在工作间里，他只能隔着窗玻璃看外面熙熙攘攘的人群围观潜水员喂鲨鱼，并为这种毫不令人兴奋的游戏嬉笑欢呼。

那种无趣让他感到一阵胸闷。

“想游泳。”他对正在工作间二层平台上忙碌着的父亲说。

“不能游。”父亲斩钉截铁地回答他，“昨天不是说了。”

“想游。”

“不行！”

“不行。”大福撇撇嘴，无奈地重复了一遍。

“对，”王心诚耐心地劝道，就像哄一个还没断奶的孩子，“大福最懂事，大福乖，晚上给你炒仨鸡蛋。”

这时，有人在楼下喊道：“老王，表演池的灯憋了，你赶紧看看去，当心别漏电了。”

王心诚应了一声，赶紧起身离开，却没注意到儿子坐在角落里，嘴里依然在不停地嘟囔：“想游泳……想游泳……”

接下来的时间，王心诚的注意力全在漏电这事上。这可不是小事，万一漏了电，后果不堪设想。

这一干就不知过了多久。弄完手头的活儿，王心诚才下意识地去找大福的身影。可四下一望，哪儿都不见他的人。

王心诚倒也没太着急，大福在这里待久了，大伙都会照应他，应该不会出什么事。

他刚想收工，发现最角落那个灯泡还没换，差点儿忘了。

等他刚把表演池最角落里的坏灯泡外的防水罩拧下来，还没来得及换上新的，就听到池边有人在焦急地叫大福的名字。

王心诚一愣，迅速把灯泡拧上，赶紧跑过去。

再次见到儿子时，他已经面孔朝下安静地漂浮在表演池的水里。儿子脱下来的衣服像他晚上睡觉时那样，被整整齐齐地叠好，放在池边“请勿下水，危险”的警示牌旁边，而人远远地漂在池中心接近九米的深水里，已经没了动静。

“大福——”王心诚自己都能听得出这声呼喊有多么撕心裂肺。他完全忘了自己是一家人里唯一的旱鸭子，也不顾坏灯泡可能已经让整个水池子里充满了电，不管三七二十一，跳进水里就扑腾着往儿子那边游。

他脑子里只有一个念头：救儿子！无论怎样都要救儿子！哪怕自己死了，哪怕不久之前他曾狠心要亲手终结儿子年轻的生命，现在，他也要拼尽最后一丝力气，保护他的平安。

在这一刻之前，他从来没想到，原来自己作为父亲的本能，竟然还要大过求生的本能。

四周的工作人员也手忙脚乱地跟着下了水，有些去救王心诚，有些去救大福。水面被搅动得凌乱不堪，漾起的一轮轮水波推着平常潜水员逗鲨鱼玩的球一下下撞着大福的头，而他却毫无反应。

王心诚眼睛死死地盯着那个方向，手脚并用地没扒拉两步，就呛了好几口水。鼻涕眼泪流了满脸，鼻腔里难受得像要有血飙出来，但他依然执拗地努力扑腾着向儿子身边移动。

“大福，大福，爸来了！爸……”他听到一个带了哭腔的声音，陌生得不像是从自己的声带里发出的，同时感到一阵前所未有的巨大的恐惧。

他感到自己在不可抑制地下沉，池水如同一块巨大的沉甸甸的幕布裹挟着王心诚坠下去。他憋得胸腔已经要炸裂开来，他最后一点理智告诉他，只要张开嘴一切就完结了。所有的压力，担扰就消失不见了，和妻子的团聚也就近在咫尺了。他的意识不再控制大脑和肌肉。他张开了嘴，水顿时灌进嘴里、鼻腔、气管……

就在这时，大福突然从水中一跃而起，像一只海豚游到父亲身边，飞快地把他推上了岸……

在场所有的人都愣住了。王心诚也是。

原来大福没死。他在和父亲开玩笑。从悲到喜的起伏如此跌宕，王心诚从大脑到每个神经元都反应不过来。

过了好半天，他才爆发出一阵歇斯底里的痛哭：“你个混蛋，你个混蛋！”

大福像做了错事的孩子，游得远远的，看着父亲在岸边发怒。

在场的工作人员赶紧过来一通安慰，只要孩子没事就好，况且谁都知道大福的情况，孩子的玩笑哪儿值得这么认真。

王心诚沉默了，那一刻，他清楚地意识到，他看不了儿子的死亡，看不了一条年轻鲜活的生命就此消失。他要留下大福，让大福在自己死后还能像现在这样无忧无虑地活着。他的时间不多了，大福到底该怎么办？如果他走了，大福也不可能一直赖在海洋馆。老唐也不可能再收留他。

大福还能托付给谁？

第七章 / CHAPTER SEVEN

没多少时间了，晚上带大福回家的路上，王心诚心想，他必须得尽快找地方、找人，把儿子安置好。

这是个大难题。大福小时候还可以上培智学校，但是从十八岁以后就彻底没地方可去了，也因此才一直跟着自己上班。

原来王心诚以为，儿子没有智商，只要有人伺候吃喝拉撒就行。没想到他还有自己的想法，甚至还会策划出这样惊心动魄的玩笑。他不是植物人，可以任人摆布，必须得托付给懂他，至少能跟他沟通的人才行。

可是，这样的人上哪儿找啊？腹部越来越频繁的剧烈疼痛提醒催促着王心诚，让他深刻意识到，留给他们父子俩的时间越来越短了，而安置大福这个不可能完成的任务也因此越来越艰巨。他这病也撑不了多久了，周医生说只有三四个月。他看了看日历，腹部的疼痛不断加剧。

大福对这一切都毫无知觉。傍晚路过柴嫂的小卖店，大福轻车熟路地走到冰柜旁边，不跟任何人打招呼，挑出一个冰棍撕开包装就吃，边吃边熟练地把货架上的烟盒和方便面都按颜色和品牌重新排列整齐。

王心诚在边上看着，歉意地冲靠在柜台边似笑非笑看着他俩不说话的柴嫂笑笑："我那儿还有几个啤酒瓶子，一会儿给你送过来。"

"没事儿。"柴嫂笑道，"大福，往后你就来给柴姨打工吧，我看谁归置也不如你摆得好。"说着，又从身后的啤酒箱子里拿出五瓶啤酒装袋子里，递给王心诚。

王心诚不肯接。柴嫂又笑道："今儿不算钱了，算我给大福的工钱，你就托你们家大福的福吧。"

王心诚又笑笑，摆摆手还是没接："酒不要了，我戒了。"

周医生说了，他这病是无论如何也不能再喝酒了。

"怎么了？你哪天少了两盅日子能过啊？" 柴嫂递袋子的手停在柜台上，一脸的意外。

"呵呵，"王心诚笑道，"健康生活嘛。"

他也不想跟柴嫂多解释，赶紧拉着大福上楼了。

月光清冷，帮儿子脱了衣服，安置他睡下后，王心诚躺在床上寻思，脑子里一遍又一遍地过着所有可能收留大福的福利机构。

思来想去，他还是想到培智学校，或许可以再去试试。尽管大福已经过了十八岁，但毕竟大福在那里待过好几年，老校长对大福一直非常关照，或许会有机会。

主意已定，王心诚想着必须得试一试，不管学校是否肯收留他。

说去就去，第二天一大早，王心诚带着儿子来到了培智学校。

到了学校门口，王心诚停下来，叮嘱道："大福，一会儿见到刘校长要说您好，听见没有，大福？"

他为儿子抻了抻衣服，不太放心，又叮嘱了一句："大福，听见没有？见到刘校长要说您好。"

"见刘校长要说您好，见刘校长要说您好……"大福任父亲摆弄衣服，自己只管重复父亲的话。

王心诚摸摸儿子的头，带他走进了大门。

这儿曾经是大福的母校。想当年大福到了学龄年纪，王心诚跑遍老家的所有学校，求爷爷告奶奶，乞怜甚至下跪，也没有一所普通学校愿意接收一个"脑子有问题"、不能与人正常沟通的孤独症孩子。

直到大福十岁那年，他才好不容易打听到培智学校可以接收孤独症儿童，为此，他不惜暂舍对亡妻的忆念，举家离开故土，搬到一个无亲无故的城市，重新开始生活。

也的确算是重新开始。大福刚来这儿时，还是个典型的重症患儿，不听任何指令，连一句话都说不出来。但在这儿跟正常孩子一样接受了几年训练后，大福有了明显的进步，他能够理解并执行父亲的指令，能用简短的句子表达自己的情绪和想法。一些伤人、自残的行为问题也都得到了纠正。

他甚至明确表示出，喜欢跟父亲一起玩一种正常孩子幼年时最乐于跟亲人玩的游戏——挠痒痒。

或许在常人看来，这种非常普通的亲昵行为只能表达出极其有限的爱意，但在情感闭锁淡漠、难以与亲人建立温情交流的孤独症孩子那儿，这已经算是奇迹了。

当年大福毕业从这儿离开，到现在回来，中间隔了八年，学校似乎没发生任何变化，依旧是一排朴素的平房，权充教室。外墙有许久没有重新粉刷过，多年前的雪白已经被岁月涂抹成一片含混的灰色。

倒是平房前面有棵小树，八年前才一人多高，现在已经长得郁郁葱葱，像个敦实的乡间小伙子，随着微风轻轻抖落一树阳光。

平房尽头的那间教室里，传出录音机放出来的带着特有刺啦声的音乐，一个银铃般的女声在随着音乐唱歌，隐约能听到稀稀落落的拍巴掌声，像是在打拍子，可是少有几声能和在节奏上。

这声音让大福很是兴奋。父亲还没反应过来，他就兴冲冲地直接闯入教室，旁若无人地在教室中间一张空桌子旁坐下，双手交叠着放在桌上，笔直坐好，嘴里还嘟囔着：“上课要听老师的话。”

六个正被一位年轻女老师带着学习打拍子的孩子为这个闯入者停下了手中的动作，诧异地转头望着这个突如其来的不速之客。

他们中大多有着唐氏综合征患儿的典型容貌——两只眼睛离得很远，外眼角上翘，鼻梁扁平。还有一个脑瘫的孩子脑袋软软地耷拉在一侧肩膀上，似乎连控制脸上肌肉的力气都没有。

他们望向这个陌生的大男孩，从他直挺挺的身板和紧绷绷的安静里察觉出彼此的某些相同之处。

这时，教室后排坐着的一位中年男老师起身走到大福面前，和蔼地问他：“你找谁？”

大福怯怯地看着别处，不敢看他，重复道：“你找谁。”顿了一顿，他不知从哪儿找来了勇气，又挺挺背脊大声说，“老师说上课要听讲！”

“大福，你怎么瞎跑！”王心诚跟在后面急吼吼地推开教室的门闯了进来，看着一屋子人，有点儿难为情地抬手抹抹脑门上沁出的汗珠，歉意地说，“对不起啊，我们是来找刘校长的，打扰你们上课了。”

中年男老师明白他们的来意后，领他们去了校长办公室，跟王心诚说明了情况。

原来刘校长早已不在这里工作了，老太太六十多岁了，为特殊孩子的教育事业奉献了大半生的心血。本来还想再勉力撑着多为孩子们服务几年，却不想去年被一场中风击垮了身体，如今自己也是个需要别人照顾的人了。

现在，就是这位姓吴的中年男老师接了刘校长的班，是新一任的校长。

两个男人坐下来寒暄。一旁的大福有点儿坐不住了，站起来盯着墙上的照片看。片刻，他在一张照片前站住了，露出了天真的笑容。原来在校长办公室墙上的历届校长留影里，大福找到了他熟悉的那张脸。

虽然已过立秋，但尚未退尽的余热仍带着伏天的余威，尤其怕热的大福更感觉满身都爬着一层热热的小虫子。他想起被海水包围时身体的清凉与舒展，起身就想往外走。

王心诚及时发现了他的异动，连忙请吴校长把摆在屋子一角的电风扇打开。

蓝色的扇叶嗡嗡地轻响着飞速旋转，转成一片灰蒙蒙的影子。

大福走过去，把脸伸得近近的，享受微风激荡在头发、皮肤上那种痒痒的快乐。机械的声音在大福耳朵里经过美妙的变异和放大，宛如海浪声。

他开始专注地看电扇，全不顾身后正跟吴校长交谈的父亲原本满怀希望的面色，却随着吴校长不断摇头渐渐变得灰暗。

谈了好半天，培智学校还是拒绝收养大福。

王心诚不甘心，向吴校长亮出他最后一张底牌——肝癌晚期的诊断书。

但没想到，吴校长还是拒绝了。

他能理解学校的苦衷，毕竟人家是国家正规的九年制义务教育机构，即使是对残障儿童，最多也只能教育到十六岁，而大福现在已经二十一岁了，他的请求于情可悯，于理不合。

虽然他早就给自己打了预防针，可是，并不能阻止他为这次碰壁感到的深深沮丧。

冥冥中，他有种不祥的感觉，托孤这件事，将比他以往遇到的任何事情都困难和坎坷。

王心诚带着满心的失望和肝区剧烈的疼痛，还有对希望破灭浑然不觉的儿子回到了家。一进门，就像被抽掉了筋骨一样，把自己重重地撂倒在沙发里。

情况不太妙，他竭尽全力抵挡疼痛一阵紧似一阵的进攻，为自己连起来给儿子做晚饭的力气都没有感到暗暗吃惊。难道病情又进一步恶化了？

饥饿的大福见父亲没动静，便自己去找了个苹果，一边心满意足地捧着吃，一边在父亲的身旁坐下。他往后挤一挤，再往后挤一挤，直到触碰到父亲蜷曲着的身体，这才乖顺地坐着不动。

王心诚把头靠在儿子后腰上，隔着衣服和骨骼，大福平顺的呼吸一起一伏，渐渐熨平了父亲心头不安的褶皱。

他们就这样亲密地依偎着，祈盼时间像凝固的烛泪，能留住仅有的一点儿安宁。

第八章 / CHAPTER EIGHT

自从儿子那次在水中装死故意跟他开玩笑后，王心诚对儿子的了解又多了一层。大福不傻，至少他还会开玩笑。自从妻子走后，似乎是为了兑现当年自己在妻子坟前的允诺——一定照顾好儿子，王心诚对大福十分溺爱，衣服穿不好，没关系，自己帮他穿；路不认识，没关系，自己犹如拴在大福裤腰带上，帮他认路。但是自己不久于人寰这个事实，让王心诚不得不硬下心来训练大福。哪怕他知道，即使训练得再好，大福也不可能像个正常人一样，独立生活在这个世界上。他决定亲手培养孩子的生活自理能力。

如果大福生活学会自理，那么他走后，依然可以自己生活下去。他坚信大福能学会！

王心诚开始训练儿子做一些从前被他一手包办的日常小事，比如拿钥匙开门，比如做儿子最爱吃的炒鸡蛋。

这可并不比训练一个正常孩子学杂技容易。

大福尚未开蒙的心智，难以理解磕破蛋壳这样简单的行为将带来什么接踵而至的结果。

他磕一个蛋，壳碎了，里面黏黏的蛋液还来不及矜持地流下来就稀烂地坠落在桌面上——力气太大了。再打，还是；再打，还是。他好奇地打了一个，又打一个，只关心壳为什么会碎，以及碎了之后里面为什么会有满腔的黏液让人不舒服地黏在手上，却忘了打蛋的目的其实是为了之后经过更复杂的步骤，从而制造出他最喜欢吃的食物。

这还不是最要紧的，最要紧的是，大福甚至不会花钱。在他的世界里，父亲给予了他一切，而他只需要接受。

他与父亲不分你我，从来不存在等价交换的概念，而王心诚也从没想到，有一天，他竟然不能再为儿子出头，揽下这项世界上最简单也最复杂的事情。

他不再允许儿子在柴嫂的店里随意拿冰棍吃，他逼他学着买东西。他不断告诉大福：到商店不能随便拿东西，而要用钱买。

大福似懂非懂地拿着钱，一脸茫然。

费了九牛二虎之力把这个意识深植进儿子单纯的大脑之后，新的问题又来了——儿子不懂得钱还有面值之分。他或许知道一毛钢镚体积最小，所以最缺乏购买力，但到一百块和五毛那儿，他就会变得稀里糊涂，更不能指望他能将不同面值的钱和不同价值的物品准确地匹配。

这可难死了这父子俩。

王心诚问他哪张钱能买一百二十块一个的电风扇，他会给父亲一张五块的，并在父亲“这张够吗？”的强烈提示下，再补上一张五角。如此这般反复的失败试验让王心诚几乎崩溃。

如果钱都弄不明白，他又怎么可能学会买东西？！

类似这样琐碎的小事，不但要压榨出王心诚生命中余下的所有耐心，还要他绞尽脑汁，挤出全部的智慧。

他常常觉得时间越来越不够用，害怕自己还来不及教会儿子足够多的事就已撒手人寰。

他开始在晚上反复做同一个梦，梦见自己在水下朝着天空仰面躺着，透过水面，能看到五六岁的儿子孤零零地站在海边，默默地向大海深处不安地眺望，手里还拎着母亲买给他的海豚打鼓玩具。大福脸上那种漠然无助的神情，让他每次从梦中醒来，都觉得心如刀绞。

王心诚满脸的焦虑。他不断抚着自己的脸，试图让自己放松下来，他好再重新教。可是再教一遍，大福还是这样，几乎没有一丝长进。

父亲的焦虑丝毫没影响到大福的快乐。在父亲不逼他学这学那的时候，日子一切如常，尤其是每天雷打不动的游泳——他已经习惯了与水无间交融——以此来保障他的世界的绝对安全和稳固。

这一天，大福游累了，他窝在一个大游泳圈，半躺在上面，悠闲地漂浮在水上。合眼养了一会儿神，再睁开眼睛，却惊奇地发现，在他视线的尽头，有几只白色的小球正在空中次第飞舞。

它们仿佛被看不见的线拉扯着，一个牵一个，源源不断地上升到某个均匀的高度，再开始有序地下落，让人几乎数不清到底有多少个小球在这个队伍中殷勤地表演。

他顿时被眼前这从未见过的景象吸引住了，聚精会神地呆看了好一会儿。有个小球似乎厌倦了这种一成不变的游戏，开小差跳出轨道，一路蹦蹦跳跳地滚入水池，漂浮在水面上。

这时，一个陌生的年轻女孩儿快步走过来，人还没到池边，话先到了："哎，劳驾，帮我捡一下球。"

这句话根本没有进入大福的耳朵，他只听见有细弱的金属撞击声，清澈、脆弱，带着模糊的韵律，像能拨动神经的弦乐一样好听。

他随即看到了女孩儿轻巧的脚踝，其中一只脚踝上戴着一条有铃铛的脚链。那是一种奇异地长了手脚的美，轻而易举地便推开了大福紧闭的心扉，并找到合适的位置待下来，合适得就仿佛它本来就是多年前从那儿走失的一块，现在终于回了家。

大福受到了这种美的惊吓，让他整个人瞬间安静下来。他连忙收回目光，一眨不眨地看着水里的球，不敢稍有旁骛。

女孩儿以为他耳聋，把手里拿着的小白球往半空扔了扔，指指水面上漂浮的球，又指指自己。她扔球的动作再次引起大福强烈的兴趣。他抬头望望半空中飞舞的小球，脸上浮现出痴迷的笑容。

真是个怪人。

女孩儿看着大福的一举一动，只觉得莫名其妙。而她的注视让大福感到既兴奋又不安，突然一扭身，潜进了水下，激起的水波把漂浮的小球推得离岸更远了。

女孩儿有点儿生气又无奈，只好自己脱了鞋走到池边，伸长了胳膊，努力探身去够那小球。

大福在水下，把她的每一丝表情和每一个动作都尽收眼底。他模糊地觉得，那张脸与他有限记忆中的某一部分很贴切地吻合，但他想不起那部分记忆是什么。

女孩儿好不容易够到球，起身离开，池边的水泥地上留下一串湿漉漉的脚印。

大福潜到池边，从水下探出头来，望望女孩儿的背影，再望望那串脚印，脑海里关于脚印的零星记忆像小球一样浮出水面。

他情不自禁地一脚猛蹬池底，像条海豚一样跃出水面，又潜下水去，巨大的水声引得女孩儿回头观望。当她看到这一幕，惊讶地愣在当地，半天回不过神来。这样好水性的男孩，她还是头一次见到。

大福当然不会想到，日后他跟这个女孩儿还能再次见面。

两人再次见面，是一天后的下午。原本清静的海洋馆门口突然热闹起来。几个显眼的白色帐篷架了起来，人群拥挤在不大的小广场上。

女孩儿已经披挂上了全套的小丑服装，脸上画着狡黠的星星形状的白色小眼睛和鲜红的直咧到耳朵根的大嘴，活跃地穿梭在人群中，殷勤地给过往游客和驻足观看的人表演近身魔术，并不时拿出几只气球，分发给游客里的小朋友，跟他们合影留念。

与往日不同的热闹吸引了大福的注意，他拽着上衣一角，透过人群的缝隙，似看非看地关注着人群中那个醒目又可爱的小丑，时不时偷瞟她一眼，再低头开心地嘟囔。

叮当的铃声环绕在小丑身边，尽管人群喧闹，但大福还是听到了。他四下寻找，直到发现小丑脚踝上的铃铛。这个发现让他欣喜若狂。他认定小丑就是那天游泳池边的女孩。

在这个喧闹的广场上，有人在吐火，有人在骑独轮车，人群中时不时爆发出观众的掌声和孩子们的高声嬉笑。但在大福的耳朵里，却始终只有那轻柔得像水果糖一样甜美的微弱叮当声，一声声敲打着他的耳鼓。

他在角落里不敢直视这女孩儿，只敢偷瞄几眼，再循次听到她比自己略快的呼吸声，还有手中小白球被抛到半空时划破空气的凌厉风声。

女孩儿手中的球抛接得越来越快，每一下都像敲到大福心上最需要抚慰的地方。他被熨帖得心花怒放。

这一瞬，表演中的女孩儿也看到了角落里的男孩儿。

她边熟练地玩弄手中的把戏，边时不时把脸转向男孩儿的方向，观察他的反应。

当她照应完人群另一边的观众，再回头时，便看到一个中年男人站在男孩儿面前跟他说着什么，似乎是要带他离开。

男孩儿的表现就像一个赖在糖果柜台前闹情绪的幼童，身体朝与男人相对的一侧使劲拧着，两只腿拧成麻花，脑袋摇得像拨浪鼓，就是不肯走。

她甚至怀疑他下一秒就会像个婴儿似的哇地大哭出来。

中年男人还是把男孩儿强行拉走了。男孩儿一边走一边回头，怯生生地朝女孩儿张望。女孩儿朝他微笑了一下，但她随即意识到，这个笑容是浪费了，男孩儿应该只能看到她脸上那夸张大笑的小丑妆……

第九章 / CHAPTER NINE

下雨了。夜很安静。

屋外雨打窗棂的滴滴答答声，更衬得这安静的夜深远悠长，像一条潜流涌动的黑暗的河。

大福已经睡熟了，在睡梦中发出小兽一样细微的鼾声。

王心诚面前摆着一张纸，上面记着一大串电话号码：福利院、养老院、培智学校……其中的大部分已经被拦腰画上了黑线，与之同时被不断抹去的，还有越来越渺茫的希望。

仍然找不到地方能收养大福。

那些职能上写着要扶助弱者的机构，每一个都能提出拒绝收留大福的理由——福利院只接受医院或者公安机关认定的社会孤、残、遗弃儿童，基本不对大福这样还有个家庭可以容身的成年人服务，哪怕不久的将来他可能也会变成一个货真价实的孤儿。

养老院又基本只接受六十五岁以上的孤寡老人——他们为这个社会奉献了大半生，现在时日不多，只需要在安静的一隅等待大限的来临。可大福还是个年轻人，他还有漫漫人生要过，这也意味着漫无止境的责任和麻烦。所以养老院照样拒绝了大福。

这段日子，王心诚带着儿子频繁造访各种孤残救助和福利机构，忙前忙后的只是更加认清了一个事实——社会把有限的资源集中在扶助儿童和老人这些最羸弱的群体上，却并没有一个针对残障成年人的机构，能对这个同样迫切需要帮助的群体予以终身养护。

王心诚推开面前的纸，觉得自己无助得连口气都叹不出来。

他发愁地看着桌上摊着的几件儿子的衣服，每件衣服后背上都缝了一块四四方方的白布。白布上用红色记号笔一笔一画写着：王大福，孤独症，血型B型，监护人，电话——只是，“监护人”和“电话”后面都留着一片空白。这空白在他的注视下逐渐胀大，顶得他从心口到喉咙都透不过气来。

他烦躁地起身，看了一眼熟睡的儿子，轻手轻脚地换双鞋出了门。他想出去透透气，再不透口气，他快憋死了。

论节气现在已经是初秋，天气却还一直想抓住暑伏的尾巴，再与濡热多缠绵一阵子。这场秋雨于是让人觉得分外爽利。

王心诚满腹心事地走进雨中，在楼下花园廊架下的石凳上坐下，任清凉的雨丝像顽皮的精灵一样在他裸露的手、脸上恣意窥探，带着泥土腥香的雨水味，再和着水汽，急咻咻地蹿进他的鼻腔，让他觉得呼吸通畅了许多。

小区里非常安静。大概是因为下雨，人们都早早归家，水泥步道上连一个过客都没有。

往常到了夜里还时常响起的轮胎碾过地面的声音，这一晚也绝了迹。已经归巢的汽车们在秋雨的洗礼中缄默地养精蓄锐，等待翌日白昼来临时发出有力的低吼。

王心诚也很想朝天怒吼，把堵在他胸口的那些郁闷、难过、不舍，统统吼出去。可他却只是绞着两手，低头望着黑漆漆的地面，仿佛这样一直望下去，就能从那戳不透的黑暗里望出个答案来。

不远处，小卖店的后门突然打开了，柴嫂搬了一箱空啤酒瓶出来往后墙根边上摞，一抬眼，就看到廊架下那个熟悉的孤独静坐的身影，她心里莫名地一动。

都这个时间点儿了，他坐在那儿干吗？

莫不是发生了什么事？越想越觉得不对劲，柴嫂赶紧抓起一把伞走过去。

“出啥事啦？” 柴嫂径直走到他对面坐下，把伞遮在两个人的头上，试探着问。

王心诚正出神，被这问话猛然打断，浑身一激灵。

他抬头一看是柴嫂，并没表现出丝毫讶异或者被打扰的不快，只是无声地笑笑，摇头道：“没事。”

“别瞒我，脸就是心的幌子，都挂出来了。” 柴嫂向来快人快语，她看出王心诚有心事。

王心诚只是又摇了摇头，还是苦笑，然后沉默，眼睛依旧注视着地面。

“有啥事就说，说不定帮衬一下就过去了。” 柴嫂想引他说出来。

王心诚抬眼，认真地看着对面一脸关切的女人，眼神里的内容搅得女人心里翻江倒海。可他终究还是什么都没说，只给她一个感激的笑脸。

他不想开口，这一开口恐怕想收都收不住。

柴嫂看他支支吾吾、不想说的样子，也不再追问，同样沉默地陪他坐着，一种酸麻的感觉渐渐沿举着伞的手指尖蜿蜒向上。

她举得膀子都酸了，他还是没再说一句话，他铁了心不想把她牵扯进他的生活。他的烦恼、他的困扰、他的病、他的大福……他要让这一切都和她，也和她的心划清界限。

这个时候他不想拖累任何人。况且柴嫂帮了他许多，他不想连累她。

石凳早被风裹着雨打湿了大半，柴嫂觉得一阵阵凉意浸透她单薄的衣服，从腰腿一路往上蔓延，一直凉到心。凉透了。

她在寂寥的、各怀心事的沉默中回想起自己潦草的前半生——年轻时相亲认识前夫——那个白净而且有点儿寡言的男人。她以为那是内向和靠得住的表现。不多久就跟他结了婚。

婚后两年，刚添了个女儿，他就要出远门打工，把她们母女俩扔在家里。起初，他一年回来一次，隔三岔五地还给家里寄钱。后来两三年联系越来越疏淡，家用也是有一搭无一搭的。

她以为他忙，忙着挣钱，她为他想各种理由。

但渐渐地，周围的风言风语陆陆续续地吹到她耳朵里。

她从不信到半信半疑，再到骗自己睁一只眼闭一只眼，直到女儿六岁，他干脆回来直接提出了离婚。

当时她整个人都傻掉了。她死都不肯接受这个事实。她有什么错?

他凭什么这么对她!

哭，闹，都试过，也都没用。眼看一个本还算全乎的小家眨眼间就要七零八落。

她几次抱着女儿哭得肝肠寸断，可那男人还是铁了心，就是要跟她离婚。

她只要一哭一闹，他就出去躲清静，被缠得狠了甚至动手打她，再打女儿。说不愿离就上法院，反正再不想跟她过了。

铁了心的男人多可怕，多绝情啊！她用尽所有的力气，也唤不回已经支离破碎的温情。

打了几个月，他们终于离了婚，孩子也被他带走了——这是她一生中最后悔的事。她那时竟然天真地想着，女儿就像一根一头连着他，一头连着她的线。而母女心连心，她和女儿终究是分不开的，也许借着女儿，她慢慢还能把那颗心拉回来。

可她没想到，他们离婚不到半年，这个男人就带着女儿离开了这个城市，自此杳无音信。听他的亲戚说，是在那个他打工的沿海城市又安家了，可她再也找不到他们，也再没见过女儿。

失去老公就罢了，现在连女儿也失去了。这是她这辈子最后悔的一件事！她只觉得没脸再活在这世上。

别人问起来，她只承认离婚，却不肯说女儿也被带走了。只说送女儿去外地上学了，是为了让女儿有更好的教育。她只能这么说心里才好受些。她知道这是自欺欺人，可不这么说，她自己都撑不下去。

她像个行尸走肉一样伤心了好几年，期间也有零零星星的男人向她献殷勤，还有好心人想再给她撮合个人家。她毕竟才三十出头，还年轻得很，人生还有大半程路，一个人走会很孤单。

可是她只要一想起那个男人的绝情和狠心就心有余悸，也不愿又一次把自己凑合着就这么交出去。于是一直一个人，自己操持着小卖店，生计无虞但不无孤单地过着平淡的日子。

她不知道王心诚的影子是从什么时候开始一遍遍越来越深地拓在她心底。

这个老大哥为人厚道、踏实，把普通人看来要用“惨”字来形容的日子过得波澜不惊，有血有肉。

这得有多大的胸怀才能这样不动声色地隐忍苦难?

她一开始同情他，后来敬佩他，再后来，敬佩萌发出了更细腻悱恻的枝蔓，在她心里暗暗扎根。她说不清那是一种什么情感，是爱吗?

她记得有一次在她这小店里，王心诚拽着儿子，从兜里掏出一块大手帕仔仔细细给他擦掉巧克力雪糕弄在嘴边的残渍。父子俩一边擦一边对着嘿嘿傻笑——就是这傻笑让她发觉，自己是彻彻底底在一段新的感情里沦陷了。

原以为王心诚也对她有意——自打她意识到自己的新感情开始，他们之间便有很多细节，向她印证这绝不是她的一厢情愿。只是他们都是中年人了，难免对感情多了许多患得患失的计较，不像年轻人那么勇往直前，可以什么都不想，先捅破这层窗户纸才痛快。

所以她坚持着细水长流地表达好感，期待有一天能得到对方预想的回应——可她现在不得不清醒地告诉自己，他的回应竟然是越来越冷淡，越来越疏离。

也许这几年，不过是她自作多情上演的一出独角戏!

回想着自己悲剧的前半生，就这样跟两个铁了心的男人纠缠着，时间稀里糊涂就流走了。她什么也没得到，空流了大把的眼泪。她默然地想着，自嘲地凄然一笑。

她并没想到，表现得客气而疏远的王心诚，要用多大力气才能压抑住自己向对面这个女人倒出所有苦水，然后与她相对抱头痛哭的欲望。

为了让自己足够坚强，他把双手紧紧攥成拳头，攥得几乎要流出血来。他生怕自己说出所有的压抑，会失态和流泪，他不想拖累任何人。

柴嫂对他怎么样，他不是不知。尤其是对大福关爱，他内心是满满的感激和感动。可是他又能怎么样？他现在的状况已不允许他有任何想法了。

雨依旧冷眼旁观地下着。

悲欢离合总无情，一任阶前点滴到天明。

第十章 / CHAPTER TEN

作为海洋馆的合作伙伴，杂技团在馆里驻扎了下来，在原有海洋馆表演的空当儿，穿插他们自己的节目，以便强强联手，吸引更多的人气。

这是馆长老唐的计划。老唐是个精明的生意人，他明白需要他们杂技团表演的时候其实并不多，他当然不希望来者太喧宾夺主，但在场面上，他很客气，也敷衍得很漂亮。

这会儿正是海豚表演的时间，杂技团的演员们都没什么事干，再加上今天上座率并不好，大家兴致都不高。老唐脑子一转，邀请这班人免费来观看海豚表演，一方面卖个人情，另一方面也好为场子里攒攒人气。

看热闹的人都集中在表演区，令海洋馆里的其他地方显得分外空旷。广播里不断传出的演出声，更衬托出大厅里的静谧。

大厅一侧，耸立着高高的布景船，扮小丑的女孩儿并没跟同伴一起看表演，而是远离人群，独自坐在船头，眼望着前方，愣愣地出神。

广播里暂时安静的一瞬，大厅另一边传出鞋子蹭在地面上走路发出的特有的“唰啦唰啦”声，她随即看见那个之前见过两面的大男孩儿迈着细碎的小步远远朝她这边走过来。

男孩儿走到白鲸池边趴下，嘴里发出酷似白鲸的叫声。

接下来的一幕更让她目瞪口呆，池里的两头白鲸像是听到同伴的召唤一样，竟然马上游过来，开始亲吻男孩儿的脸。

女孩儿兴奋地跳起身，三步并作两步爬下布景船，跑到跟前去看个仔细。

她果然没看错，那男孩儿的半个身子都埋在水下，伸手抚摸两只白鲸的身体。而两只大白鲸正在他的爱抚下，开心地绕着他打转。

他们之间的亲昵浑然天成，让女孩儿恍若置身梦境。

她压抑不住好奇心，在男孩儿身旁趴下，也憋一口气，把脸探进水里。睁开眼，那是个她从未见过的莹蓝的世界。

大白鲸庞大的身体就在咫尺之外，它们的脸在水下看来似乎有很丰富的表情，温柔而顽皮。而旁边，男孩儿清秀的脸在水下稍稍有些变形，能看出他被这不期而至的碰面弄得很紧张。她连忙给他一个大大的微笑。

男孩儿难为情地别过脑袋不看她，但脸上也悄悄绽放出一个大大的微笑。一串气泡从他的嘴巴那儿汩汩地冒出来，迎着水面上投射过来的光，轻盈地摆荡向上。

女孩儿想，他们应该算是朋友了吧，不是吗？这个男孩儿一定也认出了她。不然那笑意不会那么熟悉和明灿。

杂技团的人就在海洋馆里搭铺住。女孩儿在去水房洗衣服时，正巧碰到了拿桶来接水的王心诚。

在这儿待了几天，她已经听说了这个她见过的中年男人和他儿子几乎所有的故事。

她端着一盆衣服走过去，和王心诚站在两个并排的水龙头边接水。王心诚侧过脸，客气地冲她点点头。

女孩儿瞄着奔放地唱着歌冲进王心诚桶里的自来水柱，犹豫了一会儿，小心地开口问道："听说大福有孤独症，是吗？"

话落，王心诚愣住了。他有些意外地打量了一下眼前这个陌生的姑娘。

她很年轻，长着一张巴掌大的小脸，脸色有点儿苍白。眼睛是细长的，眼尾微微上翘。瞳仁大而黑，衬得不多的眼白白得发蓝。鼻子和嘴巴都很细巧。整个人看起来很清秀。

她穿一条洗得发白的浅蓝色布裙子，身形像个小男孩儿一样单薄，瘦骨伶仃的脚上随意趿着一双夹脚趾的凉拖。

她是那种像清风一样寡淡，但也像清风一样让人感觉自在、不太忍心拒绝的女孩儿。

放下戒备，王心诚默然了一瞬，点头道："是。"

"孤独症是什么病呀？"女孩儿随意地问，就像老朋友般。

"怎么说呢……"王心诚为难地笑笑，寻找合适的措辞，"是一种脑子的病。治不好，也不明白怎么得的。"

女孩儿不说话了。看来这个话题让人不太开心。

过了一会儿，她又开口道："我看大福挺开心的……"

"呵……"女孩儿的话微妙地刺痛了王心诚，他像是替儿子解嘲似的笑笑，"他有什么不开心的。这世上的事都和他无关，他可不就没烦心事了嘛。"

他拧紧水龙头，向一旁倾斜身子，费力地拎起接满的水桶走出去。

女孩儿只顾品着他的话，并没发觉水已经溢满了盆子，无声无息地流到地上，浸湿了她的脚。

片刻，她才回过神来，自己对自己说了声：“也是。”

从水房到表演池的屋顶平台，地面被拿衣服去晒的女孩儿踩出了一串湿湿的脚印。

大福从表演池游完泳出来，看见地上的脚印，记忆的闸门便被猛地推开了。

那是妈妈，是妈妈！

他像是回到了不知多久以前的某个时候，妈妈带着他在沙滩上走。

妈妈在前面踩出一串大脚印，他跟在后面，在那脚印上再踩出两行小脚印。那是他们之间从未有别人知晓的秘密游戏，而他已经与这种游戏隔膜很久了。

现在，是妈妈又回来了吗？

他兴奋地沿着脚印往前寻找，想看看脚印的尽头是不是有双温柔的眼睛，还有一双柔软温热的带着好闻青草香味的手在等他。

他抿着嘴，鼓着腮帮，一口气跟到平台上，却只看见那个戴脚铃的女孩儿正站在一排还在滴滴答答往下滴水的湿衣服旁，朝他微笑。

亮黄色的小丑衣服，在夕阳下随着微风轻轻飘动，像一个人正乐得前仰后合。

男孩儿有点儿窘，像做错了事似的，侧头瞥一眼女孩儿，又低头去看地上的脚印。

女孩儿把脸凑到他跟前，歪着脑袋观察他局促的表情，突然俏皮地咧嘴一笑，露出一口细碎整齐的小白牙齿，逗得男孩儿也笑了。

这是他们作为朋友的首次正式交谈。

说交谈，其实并不准确，基本上所有的时间都是她说，他听。

不过女孩儿倒不介意听众看似冷淡的反应，她只是有很长时间、很长时间都没有这样跟一个人，尤其是她觉得可以信赖的人，这么掏心掏肺地说说话了。

他们并排坐在平台的边上。初秋清爽的晚风随着女孩儿的话音，一下下撩拨着他们的衣角和头发。

夕阳已经收起了所有的锋芒，由着晚霞半遮半掩。天空没有了强光的倚仗，呈现出最温厚的青蓝色，越发显得飘浮在其上的云朵有了种慵懒的丰满。

女孩儿都不知道自己哪儿来那么多话，想要跟这个脑子不知有什么问题、对一切痛苦都似乎无知无觉的男孩儿说。

“……我一睡醒，就发现我爸妈都走了。我奶奶告诉我他们去打工了……我那时才一点点大，人还没有桌腿高，连鞋带都不会自己系，也不知道他们怎么舍得丢下我……

“那么小，不见了爸妈自然要哭的。我奶奶说我气性大，一连哭了好几天，饭也不吃，瘦得像火柴一样。

“你知道火柴什么样吗？小小的身子，顶一个大脑袋，我那时就那样。后来……可能饿得挺不住了，就不哭了。时间再长点儿，连他们长什么样都不太记得起来，那么小就离开了，根本没有记忆……从那以后我就没见过他们……

“我奶奶一个人养我，挺难的……没地方挣钱，她到处找活儿。她手巧，给人糊纸盒子、织毛衣、编绳结，还去食品加工厂里装点心。有时候就把碎点心给我包一小包回来。自己不吃，都给我吃。我乐，她就看着我笑……

“我六七岁就会自个儿照顾自个儿了，在家烧水、煮饭，洗我们俩的衣服，我不想奶奶太累……

“后来，街道找到我奶奶，让我去上学。我不喜欢上学，那时候，同学挺坏的，有几个小子知道我没爸没妈，天天捉弄我，给我起外号，偷偷往我书包里塞死鸟、死耗子……

“我不愿意让奶奶知道，自己偷偷洗了好几次。最后一次，他们往里面放了一条死蛇，我吓得连本子带包一起扔了……

“之后，无论如何我都不愿意再去学校了。呵，没爸妈的小孩儿，学校就跟噩梦似的。我奶奶没办法，正好那年杂技学校招生，她就把我送去，说好歹得学点儿本事，她养不了我一辈子。

“学杂技可苦了。天天拼了命地撕腿、下腰。我八岁才学，疼得想用脑袋撞墙……老师说我天赋一般，也就凑合玩玩杂耍，跑跑龙套，成不了大器，呵呵……不行，就不行呗，我也无所谓，能混口饭吃就成……

“我们学校有人在国际杂技节上拿过金奖，很厉害，我知道自个儿没戏，混吧……有时候早上睁开眼，想想一天又要跟昨天一模一样地过去，真的挺绝望的。

“你绝望过吗，大福？那种感觉就像……就像一个不会游泳的人沉到水底，只能看见白花花的一片水，听不到一点儿动静，马上我要死的感觉……我现在特后悔小时候没好好上学，现在只能待在杂技团，咳……”

她终于苦笑一下，长嘘一口气道：“我再也见不到奶奶了，我特别特别想她。你呢，你有没有见不到但特别想的人？”

她像是在满地翻检着已经碎成一地的回忆，所以说得并不流畅，说到难过或者愤怒的关头还要停一停，以平复被压抑许久的翻涌情绪。她不想把眼泪流出来，使劲仰头控制鼻息。

不过还好，她的听众不会对她不够生动的述说感到乏味或厌倦。他只是看一会儿她，再看一会儿天。虽然默不作声，但她觉得他什么都懂。

“我奶奶管我叫铃儿。这条链子就是她给我的。”叫铃儿的女孩儿晃晃脚踝上的铃铛。

大福又听到了让他心醉的轻柔的叮当声。

“她住在那儿。”铃铃抬手指向天空。大福随着她的手向上看，一朵莹润的白云正在她的手指尖缓缓掠过。

这让大福以另一种方式理解了女孩儿的倾诉。他看着那朵云，忽然甜蜜地笑了。

第十一章 / CHAPTER ELEVEN

这天，突然有个陌生人来王心诚的住处找他，没等到他下班，便把手里的东西托付给小卖店的柴嫂，让她转交。

来人说，她是人民医院的周医生，王心诚是她的一个特殊的病人。她托柴嫂转交的东西，是一包药。这是她送给王心诚的，可以暂时控制他的病痛。

王心诚苦苦隐瞒的真相就这样被不期而至的访客轻易揭开了。

柴嫂捧着那包药，心里又觉凄苦，又有些释然。

她想起他们对坐无言的那个雨夜，现在她终于明白那一刻他绷了多大力气才压抑住这所有的难处，不让任何人跟他一起为难，而他对她的疏远和拒绝，或许都是情非得已。

这样一想，她反而轻松了，也更清楚自己要做什么了。

“出了这么大事，你怎么不说呢？”

再见到王心诚，柴嫂如同看到一件失而复得的宝物，想埋怨他把她当外人，可又舍不得。望着他这些天日见消瘦的脸，还有大片大片冒出来的灰白头发，她心疼得流下泪来。

王心诚本来还想搪塞几句，可接到她塞进怀里的药，就知道什么都瞒不住了。眼前的女人泪流满面，正是他当初最不愿意看到的情形。终究还是没有瞒住。

再多一个人愁，也是没有用的，依然没有地方可以让日后没了父亲的大福容身。柴嫂的眼泪更让他慌乱和无助。

除了孤儿院和养老院，他还打听了许多地方，设想了很多可能——他问过社保管理部门，大福的情况并不在国家社保承保的范围内；他也问过保险公司，能不能给儿子投养老保险，对方说，暂时不接纳残障、智障人士投保；他甚至想过能不能冒险就把大福丢在什么孤儿院门口，料想孤儿院也不会真不收。

可他马上会接着担心，万一他们真不收怎么办？或者就算收了，能不能养大福一辈子？就算养了，能不能让他过得好？他不能撒手把儿子丢在这么多的或者和可能里。

事实将他每一次顽强的尝试无情地歼灭在萌芽状态，路越走越窄，再多一个人跟他一起发愁，又有什么用呢？

周医生的话又提醒了他，现在连三四个月的时间都没有了，他已经快没时间了。他在柴嫂面前胡言乱语了一番，说完又不知道自己究竟想说什么。

“你别瞎想……周医生也就那么一说，啥三四个月啊！好好的一个人，结结实实的，哪儿能说没就没呢？”

柴嫂的安慰，听起来就有些苍白无力、底气不足。

肝癌是什么病？他都是土埋半截的人了，怎么能不清楚。可即便如此，他还是感激她的好心。他当然知道这些年柴嫂对他的好。

“退一万步说，要真有那一天……” 柴嫂的声音突然哽咽了，“大福我给你带着。”

话一出，王心诚当即就愣怔住了。

片刻，他抻出一张纸巾递到女人手里，他粗大的温热的手，隔着薄薄的一层纸，触到柴嫂绵软的手心。

柴嫂也有四十出头了，劳碌了半辈子的手早不像小姑娘们那样骨肉丰盈。细长的手指有些干瘦，白里透着青筋。

他何尝不明白她的心意，只是他们父子俩这包袱太重了，命运注定了要拉着他们一步步往泥潭里陷，不可能有出头的一天。

他又凭什么拉她，一个这么好，又这么苦命的女人陪绑。她应该活得更轻松些，有个健康的、知道疼惜她的好男人，陪她幸福地把余下的一半路走完。她的好日子还多着呢。他凭什么添乱。

想到这里，他故意用了一种半开玩笑的语气劝她："你过两年再嫁人了，还能带着大福啊。"

这是实话。柴嫂终究是要嫁人的，大福不能成为她的拖累。

没想到柴嫂索性直直地把他的问题踢了回去："我谁也不嫁。天下的男人，我就看着你好！"

这话都快令他窒息了。他不知道该怎么接这个茬儿，只得尴尬地笑笑。自己这贱命居然还有人看得上，他不知是该笑还是该哭。

两人一时都有些尴尬，没人往下接话。

这时，正好大福刚学会自己烧开水，拎着一壶开水从厨房出来灌，给父亲解了这个围。

王心诚快步走过去接过水壶，留柴嫂独个儿坐在沙发上。

柴嫂看着王心诚那拒绝的背影，为他这次更加直截了当的拒绝黯然神伤。但这一次她至少知道王心诚拒绝的原因了。她明白他的用意，他的处境，正因为明白，她反而更不甘心接受这样的拒绝。

就这么坐在沙发上，她走也不是，不走也不是。

正不知是走还是不走的时候，腿弯下面，好似有什么东西在硬硬地顶着她的皮肉。她下意识低头去找，看到一个牛皮纸信封的角从沙发垫下面伸出来，正顶在她的小腿肚上。

“这是什么？”她好奇地把信封抽出来，诧异地看到上面竟写着自己的名字，“给我的？”

柴嫂吓了一跳，赶紧打开信封。

王心诚蓦然看到这一幕，赶忙想去阻止她的下一步动作，却已经来不及了。

柴嫂已经抽出里面的信，嘴唇一张一合地轻声念出：“我和大福走了，有几件事要麻烦你……”

念到这几句，她忽地抬起头，面孔变得异常激动，紧紧盯着王心诚的脸道：“王心诚，你这是什么意思？！”

一丝苦涩的笑爬上了王心诚的嘴角。他避开柴嫂的逼视，低头道：“与其我走了，大福没人管受罪，还不如我带他一起走。”

柴嫂回想起他说带着儿子去旅游，又突然回来的那天，一阵寒意沿着脊梁骨一直爬到后脑勺。

她口气嗫嚅道：“上回……你们不是去旅游的？难道是去……”实在有些说不下去。

王心诚点点头：“我们是……回老家了。”

他想起海浪中轻轻摇摆的小船；想起懵懂又欢乐地坐在船边玩水的儿子；想起自己沉入大海中时，温凉的海水像手一样掩住耳朵又掩住口鼻，再掩住眼睛，直至没顶……要不是儿子鬼使神差一般解开了绳子……他们早已葬身大海了。

现在的他回想那时的自己，不知道那次不成功的计划，究竟是让他后悔还是庆幸。

他回想着，再看看面前下意识地抿着嘴、一丝不苟按照他教的步骤灌开水的儿子，又感到一种莫名的宽慰：“大福水性太好了，随他妈了。呵……我们大福连阎王爷都带不走，说明这天下肯定有他生存的一块地儿！”

“是啊！”柴嫂把信重新折好装进信封，还给王心诚，努力地让自己的语气听起来更乐观一些，“大福有福气，你有这么个儿子在，你也走不了！”

这句话王心诚没接茬儿。他的病他心里有数。

柴嫂旋即意识到自己说了一句废话，她赶快转移话题道：“你别发愁，周医生不是还介绍了一家福利院吗？都是一个系统的，这个估计能行。”

只可惜，柴嫂的估计过于乐观了。

周医生介绍的这家“福利院”，实际上只是隐晦了名字的一家精神病康复中心。为了看护一些病情较重，甚至有攻击性的病人，里面像监狱一样划分了小小的方方正正的单间。每个单间的窗子上都装着铁栏杆。

那雪白的墙壁和病床，与弥漫在空气里的消毒药水味儿一道，让人的神经不由自主地绷紧。

王心诚看到里面像生活在笼子里一样的人，心里一阵心悸。

那些行为怪异程度与大福不可同日而语的病人，向他们投来诡异的眼神。当他们在走廊上与一个有健壮男护士陪同的病人擦肩而过时，那个病人突然朝大福紧贴过来，眼睛死死盯住大福的脸，还试图要捏大福的脸，把他们吓了个半死。

惊魂未定，他马上意识到，这绝对不是儿子该待的地方。如果在这种地方住上一阵子，没病也得吓出病来。

又一个名字被王心诚从清单上划去了。至此，他们基本上已经到了山穷水尽、走投无路的境地。

难道真的把大福托付给柴嫂吗？他这么做岂不是太自私了？

王心诚带着儿子，郁郁地走在王家小巷的夜色里。脑子里反复回响着这几句话。

路灯昏黄的光晕看起来很温暖，却只能温暖它自己跟前的那一小块儿，深深的绝望感再次袭来。

怎么办？怎么办？他该怎么办？

他绝望地抬头望向自己家的窗户，里面黑洞洞的。他都能预见到接下来的如同复制过的一个晚上，再一个早晨，然后日复一日，夜复一夜。他会在怎样的煎熬中一点点死去，带着对儿子的满腔愧疚、不甘和不舍。

他到底该怎么办？

大福在一旁一语不发，沉浸在自己的世界中。

身后有辆车远远地开过来，车灯刺破黑暗，照在他们身上。

王心诚赶紧把儿子往路边拉了拉，站定了等车过去，再拉着大福往前继续走。

往前走了没几步，他突然看到楼门口边上站着两个人。

王心诚一脸惊讶，他们一个是吴校长，另一个是拄着拐杖的老太太，再仔细一看，这老太太正是刘校长！

第十二章 / CHAPTER TWELVE

“天无绝人之路。”当王心诚和儿子带着大包小包坐在汽车上，去往圣心养护所时，他脑子里反复琢磨着这句话。

大福还是幸运的，有这么一所机构，尽管是实验性质的，条件还比较简陋，而且主要依靠社会慈善捐款存活，能支撑到哪天都不一定，但他们能给大福这样的人提供一个立足之地，能与家庭分担压力，哪怕只是一天呢，王心诚都觉得不胜欣慰。

多亏了刘校长，自己身体刚康复一些，竟然又回到了培智学校，希望能再为学校出点儿力。这又是怎样的人生境界。

刘校长从吴校长那儿得知大福和王心诚的近况，她马上想起了这所新成立的养护所。这个地方或许可以收留大福。

她不但亲自跟养护所的谭所长联系，为大福安排好一切，还为了让王心诚彻底放心，特意请吴校长陪同过来一起接大福。

王心诚数度哽咽。他知道，无论用什么语言，都无以表达对他们的感激——这些善良的热心的人，当然不只是刘校长、吴校长、圣心养护所的谭所长，还有更多王心诚根本不认识的医生、特殊教育的老师、护理服务人员……

所有为孤独症群体默默奉献的人们，他们本没有义务与这个特殊群体一同承担苦难，却义无反顾地将自己的命运和孤独症患者的命运捆绑在一起。这足以让人一生铭记。

看看邻座刘校长老得已经塌陷的双颊，还有靠在腿边的拐杖，王心诚为自己曾有过杀死儿子的想法直冒冷汗。

他暗下决心，这次一定要坚持，坚持下去，让儿子能好好地活着，活完整的一辈子！

养护所的条件自然不比家里。给大福准备的单间很小，木地板，白粉墙、最简单的单人床、桌子和衣柜，都占据着它们仅有的最恰当的位置，以素朴的面孔迎接新住客。虽然养护所无法提供优越或者哪怕只是够得上舒适的生活。但有这样一个地方，王心诚已觉得足够。

大福住在这里，他一百个放心。

环顾着这一切，大福脸上却没有父亲这般轻松，空荡荡的陌生环境让他感觉紧张。

墙壁上没有他看惯的照片，桌子上没有电视机和放在电视机上永远把耳朵耷拉下来遮住一半屏幕的布狗玩偶。这个新环境他并不喜欢。

这里也没有阳台，没有需要天天浇水的花。水龙头上方甚至没有放漱口杯的隔板。他噘着嘴，想说什么又说不出来。

他拿着父亲从行李箱里掏出的漱口杯站在房间中央，一圈圈地环顾四周，感到束手无策。而父亲告诉他，以后，这里就是他的家了。

他注意到父亲脸上有些伤感和不舍的表情，迷惑又惶恐。

他就这样看着父亲搀着刘校长，走出这个新院子的大铁门，却把他自己留在了门里面。黑色的大门缓缓合上，他从门缝里看见一个越来越窄、越来越小的父亲，转身朝他挥着手，叮嘱他要听身旁这个他们称为“谭所长”的人的话。

门合紧了，父亲没了。大福望着面前坚硬冰冷的黑色，身体开始不受控制地微微摇晃。这不是他的家，他已然觉察出来。他浑身不自在，他身体的每一个毛孔都抗拒这里。

自从清莲出事以来，这是第一次，王心诚暂时不用操心儿子，可以轻松地独处一会儿。

他回家收拾了房间，给自己简单做了点儿晚饭，吃完便早早上了床。

他本以为大事解决了，他可以放松下来了。这些日子他紧绷的神经从没有放松过。可是躺在床上，耳边没有了儿子像个半熟大人一样的轻鼾，他竟然久久难以入睡。

这么多年来，第一次与儿子分别，他这个当爹的感觉就像被人生生地从心头剜了一块肉。

从儿子身上他能看到明显的依恋。他知道大福不愿离开他，他也知道自己舍不得大福。但这些都不重要，重要的是大福终于有了安身之地了。他再也没有后顾之忧了。即使明天他就走了，他也心甘情愿了。

可是，明明找到了安身之地，可他心里仍是空落落的。这种空落落的感觉沉甸下来，竟然会是一阵阵的痛。

他知道，儿子不会像正常人那样表达情感，可是二十一年，二十一年啊，一块石头在怀里也焐成了暖的，更何况这是自己骨中骨、血中血的至亲呢！

他满怀不舍和担心。没有他的日子，大福能过得惯吗？

窗外，有丝缕灯光透过窗帘的缝隙悄悄探进头来，照在床边的一小块空地上。王心诚紧盯着那点儿亮光，安慰自己：儿子这样挺好，挺好的，他活在自己的世界里，什么也不操心不惦记，永远没有痛苦，这不正是所有正常人可望而不可及的美满人生吗？

正胡思乱想着，床边的电话铃声骤然响起，震碎了少有的宁静。

电话是谭所长打来的，说大福不肯睡觉，而且表现得越来越烦躁，没有人能安抚得了他。

王心诚放下电话，心急火燎地赶去了养护所。

令他想不到的是，仅分开一晚，他看到一个仿佛骤然间老了十岁的儿子——青色的胡楂从他年轻的下巴、脸颊上冒了出来，彻底盖住了他平常红润的好气色；眼窝下面盖着沉沉的阴影，憔悴不堪。

他应该是焦躁地撕扯过自己的衣服，原本熨帖的纯棉T恤已被扯得七扭八歪。他就由着衣服拧在他身上，紧攥着双拳，在小小的屋子里像蒙了眼睛的小牲口一样不安地走来走去。

看见他来，儿子在屋子的中央停了下来，眼睛却不看他，嘴里小声嘟囔着什么。

王心诚看着儿子因为紧张或者愤怒而摇晃的身体，一阵心疼。

“大福！大福！”他柔声叫他，一声声地，充满慈爱。

儿子不应声，但是身体渐渐平静下来，又站了片刻，才径直走到床边，脱下裤子叠好，再把双臂高举过头，等父亲来帮忙。

王心诚像往常那样，走过去帮儿子脱下套头T恤，等他躺好，再帮他掖好被角，摸摸他的脑袋。

这一系列的动作完成后，儿子终于合上眼，发出匀净的呼吸声。王心诚与一直站在门口看着这一切的谭所长对视一眼，都是百感交集。

儿子没有他的陪伴，竟然连觉都不睡了。

他早教过大福自己睡觉、自己脱衣服，可是现在看来，一点儿作用也没有。

接下来，他该怎么办？

第十三章 / CHAPTER THIRTEEN

又下雨了。

天像是粉刷后还没干透的白灰墙，透着湿淋淋的阴郁。

柴嫂倚在小卖店门口，注视着停在巷口的一辆蹦蹦三轮车，心也像这秋雨中的天气一样，一点一点地凉下去。

王心诚要搬去跟儿子同住——这消息柴嫂听到后还是有些难过。这意味着他们不能经常见面了。

而且看样子，王心诚也不打算再回来了。几天工夫，他处理掉了大部分的家具什物，只留了简单的几件，裹上塑料布，搬上了三轮车。

“大福，上车。”他把快要遮住眼睛的雨衣帽子往脑后胡噜一下，回头招呼跟他一起回来清点旧家具的儿子，目光正好与柴嫂纠结着黯然与哀怨的目光撞个正着。

他像想起了什么，从车里拿出一个塑料袋，走上前去。

“这就走了？” 柴嫂见他过来，忙上前问道。那表情充满了不舍。

他点点头，“嗯”了一声，又补充一句：“孤独症孩子行为刻板，大福不习惯那边，我得过去帮他适应适应。”

柴嫂点点头，想微笑，眼圈却红了。她有点儿绷不住了。

王心诚看到这一幕，也有些不能控制自己的情绪，不敢正视她的眼睛，低头把手里的袋子递过去：“这个给你……你那个收音机我老是修不好，还是换个新的吧。”

他清楚地看到两颗饱满的水珠从他眼前飞快坠落，悄无声息地打在地面上。他们都明白这样的交代意味着什么。

看似生离，却昭示死别，他们不得不用他们大半生累积的所有成熟和从容来对付这个沉重的悲情时刻。

“有空打个电话回来，我好知道，你还活着。”

他方才看到的水珠已经连成了线，没有任何掩饰，在他眼前凑成一副雨帘。

他微微牵动了下嘴角，想给她一个安慰的微笑，可又半天笑不出来。

默然了好一会儿，他一字一句地坚难道：“大福……对谁都是个负担，我是他爸，赶上了没办法。可，要是让别人跟我一块儿负担他，我觉得对不起人家……”

柴嫂用手捂住嘴，泪流满面。她刚想说话可眼泪流进嘴里，她不得不擦试，那样子别提多狼狈。

过了片刻，她再次飞快地抹去脸上的泪，强忍着挤出一丝微笑：“有你这话就行了，要不我还以为你看不上我……”

她不等王心诚回答，便直接走到大福身边，满眼心疼地摸摸他的头，嘱咐他说：“大福，有空就回来，帮柴姨摆货架啊……”

大福并不正眼看她，嘴里跟着叨咕一句：“货架。”

“那……我们走了。”王心诚走回三轮车，再次看了车下的柴嫂一眼。

她的一缕头发不知是被雨还是被泪打湿了，紧紧贴在额前，哭得略微有些红肿的眼皮下面，一双清亮亮的眼睛也正望着他。

一阵风吹着雨斜打在她脸上、身上，她浑然不觉地朝他们挥手，失去了丰润的细长的手在雨雾里白得发青。王心诚终于绷不住泪如雨下。

“走吧，师傅。”王心诚跟三轮车司机说道。

走吧走吧，多流连一分，都是为两个人徒增痛苦。走吧。

车子“突突突”地启动，从柴嫂面前快速地开过去。

车里的大福突然平静地说：“再见。”

王心诚替儿子把雨衣围紧，他能感觉到儿子的身体朝他靠了过来，紧紧贴住他。隔着衣服，儿子身上澎湃的血隔着皮肤暖着他。

父子俩就这么依偎着，投入一个未知的前方。

身后，他们生活了十几年的小巷越来越远。

王心诚用脸蹭蹭儿子的脑袋，深切地感受到什么叫相依为命。

屋子里添了许多熟悉的摆设，又有父亲的陪伴，大福适应养护所这个新家的速度快了许多。

王心诚心头一直高悬的一份担心，终于落到了实地。

为了让儿子尽快学会更多自理生活的本领，他干脆辞了职，成为养护所里的编外一员。

所里的电灯、线路，甚至汽车有什么毛病，他都琢磨着帮忙修好。

平时一有闲暇，他就训练大福自己穿衣服、脱衣服，归置东西，做些力所能及的小杂活儿。

能许他们一个安稳，就是老天爷莫大的恩赐，王心诚实在不敢多奢求什么。可是，他也发现，儿子越来越不快乐了。他很少跟养护所里其他的人一起玩，甚至很少走出他自己的房间，常常一个人呆坐着，一坐就是大半天，连姿势都不稍变一变。

王心诚曾偶然在儿子的脑袋上发现一根白发，那鹤立鸡群的发丝有着桀骜不驯的粗硬，从众多乌黑柔软的同伴中突围而出，直指天花板，并且像示威似的，在日光灯的照耀下闪着凛凛的光。

他心下一阵骇然，伸手去拔，儿子却全无反应，还是呆呆地坐着，任他摆布。

连大福都有白发了，更别提自己那一头白霜了。他走到院子前偷偷地审视了一下自己，那憔悴的样子吓地他一跳。什么都不用说，他知道自己已站在了鬼门关。

这一天，大雨忽至。

王心诚帮着谭所长和看护老师手忙脚乱地收晾晒在外面的衣物，一个没注意，大福就不见了。

等王心诚抱着衣服跑进屋里时，发现屋里没开灯，黑茫茫的，只有把椅子在儿子平常发呆的地方落寞地待着。

他从楼上往下张望，院子里并没有儿子的身影，再寻着回廊一路找到后院，雨中一个孤独的人影即刻撞入他的眼帘。

是儿子——他仰着头，张开两臂，向乱纷纷坠落的雨滴做出一种拥抱的姿势。雨水没头没脑地打在他的前额、头发里，穿过他的眉毛，沿着眼睛、鼻梁、嘴唇，在下巴那儿排成连贯的一线，再跳向地面。

他被淋得透湿，却丝毫没有狼狈，反而享受这种湿淋淋的感觉，脸上更现出久违的润泽与舒展。

王心诚突然明白了，儿子离不了水。也许此时，儿子是想念海洋馆的生活了。

第二天一早，他带着儿子到养护所外的公交车站坐车。

雨下了一夜，也有点儿疲了，换了太阳来当班。刚刚抖擞起精神的阳光兴致勃勃地把道路两旁高大的杨树画成地上的一幅幅素描。

王心诚把公交卡挂到儿子脖子上，一边走一边反复地告诉他：“这条路叫丰收路，从这里下去就是公交车站。大福，记住了吗？”

儿子的兴趣显然集中在这次难得的外出上，他只顾低头望着地上的树影，对父亲的问话置若罔闻。

就是这样，普通人所能想象的最大的辛苦，也不及王心诚真实经历的万分之一。

面对这样一个思维与自己不在同一个空间里的孩子，即便是最简单的常识，也需要别人挤扁了、磨尖了，几遍甚至几十遍不厌其烦地往他脑子里塞。而更让人崩溃的是，你不知道这么做多久才会收到效果，或许最终的结果只是徒劳。

然而，这一切王心诚已经习惯了。

多年之前，他想着孩子只要知道自己的名字，能自己吃饭，他就满足了。后来儿子竟然上了学，识了字，能听懂大人的话，甚至可以跟人有最基本的互动，他觉得他付出的，就已经得到了超乎想象的回报。

大福任何一点进步，对当父亲的他来说都是极大的心满意足。

这些天来，他在养护所里也看到别的人——唐氏综合征患者、脑瘫患者，还有和大福一样的孤独症患者，他们各有各的残缺，然而都坚强地活着，并未失去尊严，也并不像人们以为的那样饱受痛苦和折磨。

他越发觉得，自己之前的想法自私而残忍，有生命，才有可能。就算自己死了，儿子也还有权利等待奇迹和希望。他凭什么剥夺这一切呢?

站台到了，他又开始一遍遍地告诉儿子：“咱们要坐346，别的车不能上，就只能坐346，要不就到不了海洋馆，知道了吗？”

这天早上，这趟346公交车上的乘客全都记住了一对特殊的父子。

父亲头发花白，一路都佝偻着腰，儿子长得眉清目秀，却像是对周围拥挤的人群过敏，一脸局促地将自己缩成一团。

车子走走停停，身旁的人随着车的惯性前仰后合，总是碰到他的身体，令他紧张地一边神经质地躲闪，一边嘴里不断小声嘟囔。

身旁的乘客还听到父亲至少对儿子说了十遍，上车的站叫上东路站，还不停地问儿子记住了没有。到下车时，又捧着儿子的脸，让他看不远处的一座红楼，告诉他下车站叫夕阳大街，看见红楼就要下车。

车门开了，他们一前一后地从满满当当的乘客中挤下去，许多好奇和诧异的眼光黏在他们背后，跟着他们一路走远。

不管这眼光里含有多少诧异甚至嘲笑，王心诚都已不再在乎。

在为数不多的时日里，只要他能多陪孩子一天，他就要微笑而有尊严地活着。

第十四章 / CHAPTER FOURTEEN

海洋馆老板老唐在办公室里听到一阵急促的敲门声，见推门进来的是刚辞职没多久的王心诚，他略感意外，连忙起身相迎。

王心诚没怎么寒暄，开门见山地说："唐总，我想回来上班。我不要工资！"

老唐愣了一下，马上反应过来："没问题，你随时回来，工资的事你甭管，你即使什么都不做，这点儿工资我也付得起！"

王心诚和大福的事老唐都听说了，以他对王心诚的了解，王心诚能再次回来，就是对他莫大的信任。这个面子，他肯定是要给的。况且，海洋馆也需要王心诚这样干活细致的人。

"不是……"王心诚看起来有点儿激动，他眼圈红红的，重复道，"我不要工资，我有个别的事想求您答应。"

还没等老唐的"什么事"问出口，他突然"扑通"一声跪倒在地上。

老唐吓了一跳，赶紧扶他起来。

“我想让大福留在海洋馆工作……”

是的，他想让儿子留在海洋馆工作，这样，他好歹还能拥有自己的一小片“海”。至少他能每天游游泳。他空荡荡的没什么悬念的单薄人生，也能因此变得稍微充实和快乐一些。

老唐听完他期期艾艾的恳求，第一个念头就是——天方夜谭。

随即，他在心里暗叹，可怜天下父母心啊。这位老哥哥比自己大几岁，眼看还得了绝症，就是因为有个这样的儿子，一辈子没享过什么福，只剩下无穷无尽的操心。他要是真没了，留一个没着没落的孩子，不可能走得安心。

这番苦心老唐能理解，也对王心诚充满同情，可他对儿子留在海洋馆的请求，也未免有些强人所难。

毕竟，这儿不是慈善机构，不是福利院，连童工都不敢用，更别说用一个自理能力都有欠缺的残障人了。

上次大福跳进表演池假死，就闹得整个馆里鸡飞狗跳，乱作一团，万一他日后真出什么事，谁负得起这个责任啊？他又怎么对得起九泉之下的王心诚?

想到这儿，老唐还是硬起心来说：“不行啊，老王，这事，我实在不能答应你。”他避开王心诚简直要往外滴血的哀求目光，充满歉意，却坚决地摇摇头。

王心诚不甘心地抓住老唐的手，他的嘴唇因为焦急和迫切干得起了泡：“我知道难为您！可是看着大福一天一动不动地从天亮坐到天黑，我实在受不了！他今年二十一岁，以后三十、四十、五十……每天他都这么过，我都不敢想象……大福只有在水里最开心自在。你不也说，他原本就该是条鱼吗？”

老唐为难地拍着王心诚的手背，半天没有说话。论情理，他是该帮他；可是万一出了事，这个责任谁担啊！

王心诚满怀希望地盯着老唐每一丝细微的表情，期盼从中看到一点儿态度的松动。

沉默了一会儿，老唐从兜里拿出钱包，从里面抽出一张银行卡，递给王心诚道：“老王，你在我这儿这么多年，既是员工，咱们也是朋友。这里头有几万块钱，你看病也行，要不，就留给大福。我真是……”

王心诚颓然地看着那张递到他眼前的银行卡，再看看老唐，轻轻叹了口气，打断他的话：“他连一百块和一毛钱什么关系都搞不清楚，钱对他有什么用？！”

说完，他不再纠缠，客气地道了谢便起身离开。

老唐捏着银行卡，看办公室门在他身后轻轻被带上，心中五味杂陈。他不是不想帮，他真是不敢帮。

在心底里，王心诚并没有放弃。他不想为难唐总，但又觉着，要为儿子争取到最后。

他知道自己的时间越来越少，止痛药原来三两片能管一天，现在要几片一起吞，才能给他带来片刻的安宁。他没什么好顾忌的，只要能为儿子争取到更多幸福的可能，就舍出这张老脸又如何呢？人心都是肉长，他相信唐总的为人！

跟老唐谈完后，他仍旧带着儿子天天来海洋馆上班。

在工作的间隙，海洋馆的工作人员时常能看到老王在训练他的孤独症儿子擦地。他就像个幼儿园老师，把着儿子的手，在水桶里清洗好拖布，再把布拧干，像教儿子画画一样，执着地用拖布在地上“画”水。

水泥地面沾点儿水就像水墨洇在了宣纸上。深色的水痕随着拖布在老王手中的运动从线变成面，从小方块变成大方块，或者变成一个模糊的边缘长着毛刺的圆。

示范之后，他会把拖布塞进儿子手里，让儿子照他刚才比画的去做。

大部分时间，那个看起来冷漠又温顺的年轻人总是安静而配合。也有些时候，他会犯点儿倔脾气，将苦口婆心的父亲丢在一旁，自己面对着一个角落小声嘟囔。

好几天了，就拖地这么一项简单的劳动，他仍没有太精通。看见这父子俩的努力，人们不免同情地瞄上两眼，走远之后，都摇摇头。真是可怜天下父母心!

在这件事上，王心诚也觉得有些苦恼和纳闷。

儿子是缺乏自理能力，不能按照正常人的程序那样学习，但他并不笨。自己已经教了他很多次，擦地的时候要身子向后倒退着擦，可儿子似乎就在这个关节上走进了死胡同，一定要坚持推着拖布前进。于是，他擦过的地就是一道新鲜的水痕，再跟一串新鲜的湿脚印。

王心诚并没注意到，儿子每次向前擦出一道直线后，都会回身望着自己刚踩出的脚印，脸上是一种既欢喜又夹杂着忧伤的复杂神情，就像一个孩童看到久别归来的母亲。

“不对不对不对！跟你说过多少遍，这么擦不白擦吗？刚擦了又踩脏，要这样擦……”

当儿子又一次拿着拖布往前推时，王心诚觉得自己的耐性已经到了土崩瓦解的边缘。

他强按住心头的火，把儿子的身体扳转了一百八十度，把着他的手，再次示范了一遍。

湿脚印被方正的水痕遮没，地上果然变得很干净，但儿子望着干净的地面，嘴角不为人察觉地抽了抽。等王心诚松开手，儿子便如获大赦，直推着拖布就往前去。

王心诚彻底崩溃了，这许多天来他受的委屈、积攒的焦虑、强行压抑的担心，统统在这一秒钟爆发出来。他一个耳光抽在儿子脑门上：“你怎么这么笨啊！这么点儿事都学不会！”

这突如其来的一记耳光把大福打蒙了。

他拄着拖布，呆站了几分钟，眼看着刚刚踩出的脚印渐渐蒸发，地面恢复一片冷硬的暗灰，他觉得有些很珍贵很珍贵的东西，也随着水痕的淡去而消失不见了。

他委屈地放声大哭，鼻涕眼泪糊了满脸。

“老王，你这是要干吗啊？！”闻声赶来的同事抱怨着王心诚，想去哄大福，却又不知该从何下手。

王心诚无奈地过去抱住痛哭的儿子，心下惨然。

不远处的二楼走廊上，刚好经过的老唐把这一幕尽收眼底。这父子俩真是让人心疼，老唐心里多少有些过意不去。可是他该怎么帮他们？把大福留下来肯定会惹麻烦的。

第十五章 / CHAPTER FIFTEEN

有好些天没看到那个叫大福的男孩儿了。

杂技团的帐篷后台，铃儿对着镜子，一笔笔往脸上涂油彩，画到眼睛时，她突然想到了大福。

听说大福的爸爸辞职了——他给大福找到了一个愿意接收他的养护所，陪着儿子去了那边。

这样也挺好，他从此不用担心没了他，儿子该由谁来照料了。但是她和大福，恐怕是再也见不着了吧。

她想起他们在天台上并肩度过的那个傍晚，男孩儿看着天上的云彩，没来由地笑起来。

她问他："你笑什么，有什么好笑的？"

他总也不回答，只是笑啊，笑啊。

他笑起来一边脸上有一个酒窝，牙齿又白又整齐，他妈妈一定是个美人。

她被他的笑容感染，再去看天空中惹他发笑的那朵云。发现那云朵慢慢地变成了一个老太太的笑脸，门牙那儿缺了一块，就像她奶奶。

她回忆着，嘴角飞快闪过一丝笑意，随即，与朋友失散的惆怅便盖过了那点儿甜蜜。

她轻叹一口气，整整衣服，掀开幕布走上台去。

她扮演的小丑照例一出场就逗得人们乐开了花。在咧着大嘴笑个不停的小丑妆容后面，她木然地望着台下一张张笑脸，机械地完成小丑把戏的所有套路——抛球，接球；接不到，去捡；撞了脑袋，跌跤——每一个窘相都会招来观众的哄堂大笑。

她一边表演一边想，人这种动物，怎么能这么简单地被别人的痛苦娱乐呢？

这时，帐篷门口的帘子被掀起一个小角，又一个观众蹭了进来。他站在人群后远远的角落，并不正眼看铃儿，脸上却和其他人一样带着笑，仿佛之前他从未缺席。

铃儿一眼便看见了他，眼睛突然变得亮晶晶了，随即观众们发现，小丑的笑容似乎灿烂了许多。

表演一结束，铃儿便顾不上卸妆，径直奔到大福面前。

他一声不吭，转头就走，仿佛知道她一定会在后面跟着。

他们就这样一前一后默契地前行，穿过熙攘的人群，穿过日光透过玻璃窗投下的斑驳的影子，经过墙边的公用电话，一直走到那个声音走廊。

大福伸手按动墙上第一张海洋动物图片下的按钮，小海豹口哨一样的叫声顿时在长长的声音走廊里回荡。

铃儿快走两步，抢在他前面按下第二个按钮，海豚的叫声便像婴儿一样，扭着身子撒着娇，往人耳朵里痒痒地钻。

他们对视了一眼，互相微笑，接着，如同早有约定，你一个，我一个，交替向前走着按下按钮。

各种叫声在空荡荡的走廊里盘旋，纠缠，拥舞，仿佛一世界的海鱼、海兽都在他们身边聚拢高唱，以此庆祝一对朋友的久别重逢。

那是多么快乐的一天，铃儿这样想着，她觉得大福也和她一样，同样为今天的美好陶醉。

“大福今天一个人回家，行吗？”王心诚把公交卡的夹子挂上儿子的脖子，一边给他整理背包，一边轻声问道。

“行。”儿子没表示出什么不满，痛快地答应了。

他牵着儿子的手，把他送到海洋馆外的公交车站。

天已经黑透了，站台上只有稀疏的三两个等车的人，在夜色中焦急地朝车开来的方向翘首企盼。

一对硕大的公交车灯由远及近，在他们面前停下，不是346，大福没动。等待的人鱼贯而入，站台上只剩下王心诚父子俩。

“大福最聪明，上东路下车，记住了吗？”毕竟是儿子有生以来第一次单飞，王心诚放心不下，又叮嘱了一遍。

“记住。”儿子答道，像是嫌不耐烦的父亲唠叨个没完，把头转到车开来的一边，不再看父亲。

王心诚狠狠心，撇下儿子，走出几步，又藏身在附近另一块站牌的背后，偷偷朝儿子那边张望。

大福很平静地站在站牌下，看上去跟一个刚刚下班准备回家享用家庭晚餐的同龄人一样，没有任何不同。

如果他没得这种病，现在的年纪，也该对某个漂亮的小姑娘动心，谈上一场一波三折或者平淡幸福的恋爱了。

可他这辈子，连自主地、平安地活着都是奢求。王心诚一阵心酸。他想起下午，老唐忍不住跟他说的：“别跟孩子较劲了。你看他天天坐着难受，我看你天天这么跟他较劲，我也难受。”

是啊，明知是奢求，明知他拗着儿子，拗着残酷的事实，痛苦地费九牛二虎之力，也多半是徒劳，他却不能不这么做。这是当父亲的命。

人们往往只在买彩票的时候相信会有奇迹发生，而看到灾难降临的时候，便又十分现实地否认被奇迹救赎的可能。

他明白老唐的意思——儿子的事，若是换成缺钱缺人，倒简单了。如果大福正常，再难的忙老唐也会帮，但牵扯到责任，像个父亲一样看顾他、管着他的责任，老唐不能负，也不愿负。哪怕王心诚真能把儿子训练成一个干活比正常人都不差的清洁工，老唐也不会担这个风险，还不如放过孩子，就此作罢吧。

可是，放过孩子，老唐可以，他王心诚不行。

那是他的儿子，生活在旁人无法理解、也无法进入的自我世界，跟现实格格不入，没有照顾自己的能力，需要很多很多的宽容、谅解和帮助。而且他已经失去了母亲，还将很快失去父亲，失去他在世界上唯一的倚仗和最可靠的爱。这一切，老唐、柴嫂、刘校长、谭所长……所有善良的“别人”即使再同情他，也无法和他一样感同身受。

能懂得他的人，恐怕只有清莲，可是她也没坚持住。

他突然觉得，“孤独症”这个名词恰切极了。

孤独，原来就是这样一种在茫茫大海中矗立着，做一个孤立无援的岛屿的滋味。

又一对车灯由远及近。车头上，亮着346字样的牌子旁边，吊着一台对着司机吹的小电扇，跟来时坐的那辆一模一样。

他关切地注视着儿子的动作。

儿子没有犹豫，老老实实地上了车，并且很聪明地在司机背后靠窗的位置坐下，以便沾光享受点儿电风扇里吹来的凉风。

王心诚稍稍松了口气，从站牌后面走出来，扬手拦住一辆出租车，告诉司机：“跟着那辆公共汽车，到上东路站。”

出租车到得早了些。王心诚等在上东路站的站台下，远远看见儿子坐的那趟346慢条斯理地驶来。

车子的前门刚好停在王心诚面前，他看见儿子站在门口，已经做好要下车的准备。王心诚几乎要流泪了，大福终于可以自己坐公交车回家了！突然看见车门外的父亲。大福也幸福地笑起来。

王心诚咧嘴对儿子笑着，他甚至已经准备好了一箩筐的赞美来迎接儿子。可是这时只有后门打开了，一个中年男子走了下来，大福还没下车，门随即关上，车猛地一声发力，缓缓开出站台。

王心诚愣了一下，马上追上去拼命拍打车身："停车，停车，有人要下车！"

公交车又发出泄气般的怪声，猛地刹住。

大福一脸紧张地从前门跳下来。一个文着两条卧蚕眉的女售票员从车窗里伸出脑袋，满不乐意地冲他们嚷嚷："下车你不说！我问了半天有没有人下！你不知道吭一声啊！"

王心诚被抢白得直噎气，等反应过来，他愤怒地在已经开过他的公交车屁股上拍了一掌，大声喊道："这个世界上，有人就不知道你是在问他！"

因为这天的公交历险，大福稍稍受了点儿惊吓，但很快就没事了。他只觉得坐在他面前的父亲今晚有点儿怪——他裹了一件不知从哪儿找来的宽大的女式外套，脑袋上扣一顶有檐的帽子，打扮得就像个公交车售票员一样，嘴里还叫着："夕阳大街到了啊，有没有人下？”

他不解地瞄了父亲一眼，低头自顾自矫正桌上两只茶杯的角度，好让它们的柄严格地平行。

王心诚看不到儿子的反应，又叫了一遍：“夕阳大街到了，前门有没有人下车，后门呢？没有走了啊……”

儿子依然不理不睬。王心诚无奈地凑到他跟前，捧起他的脸，让他的眼睛看着自己的眼睛，一字一句重复道：“夕阳大街到了，有没有人下车？大福，我这是跟谁说话呢？”

“跟大福。”儿子避开父亲的眼神，过了半天，才小声说了一句。

“对，和大福说话。不看你也是和你说话，知道吗？”

“知道。”

天花板上的日光灯静静放着光，像一只温和的细长的眼睛，注视屋子里的这对父子，看他们反复地做一个再简单不过的练习——

“上东路到了，有没有人下车？前门有没有人？后门呢？有没有人下？”

“下。”

“真棒，大福，大点儿声，说我下车。”

“我下车。”

“再大点儿声，我下车。”

“我下车！”

父亲摸摸儿子的脸，欣慰地笑了。

儿子不知父亲为什么这么高兴，也跟着傻笑。

父亲望着儿子一派天真的模样，忍不住伸手去挠他的痒痒，嘴里还发出“扑吁”“扑吁”的声音。

儿子一边躲闪，一边乐不可支。这个夜晚，连灯光都被这温情脉脉的天伦之乐融化成了蜜，在父子俩的脸上、身上软软地流淌。

第十六章 / CHAPTER SIXTEEN

杂技团的小丑演员今天换了一个人。

他换好服装，站在后台的候场区，往台上瞄了一眼。

正演着的节目还有一半，踢碗的姑娘才刚开始骑上独轮车，把碗一个个往头上踢。他活动活动身体，折回去拿待会儿表演要用的小白球，却发现刚才摆着球的地方现在空空如也，而一个陌生的大男孩儿正站在桌前紧紧攥着双手，一脸紧张地看着自己。

开什么玩笑。小丑皱皱眉，伸手道："快还给我。"

男孩儿充耳不闻，反而转身要走。

他一把把男孩儿扯住，呵斥道："快点儿给我，不然我叫人了啊！"

男孩儿的眼睛里充满恐惧，用力想甩开他的手，却被闻声赶来的几个演员围住，里面就有铃儿。

人们七嘴八舌地互相打听这是怎么回事，又有人七嘴八舌地回答。嘈杂的声音让不大的后台显得一片混乱。

被裹在中间的男孩儿把手里的球攥得越来越紧，摇晃着身体，嘴里轻声嘟囔，看上去又无辜，又无助。

铃儿走近他，微笑着柔声道："你能把球还给我吗？"

大福偷偷瞟她一眼，仿佛没有听见，不做回应。

"我们演出要用啊。"铃儿说着，手里比画几下抛接球的动作。

大福在看到这几个他熟悉的动作之后情绪稍显平静了一些，她继续轻声细语地哄他："你给我球，我去看你游泳，好不好？"

大福低头犹豫着，抓紧球的手指略微松了松。他试探地把手伸出去一点儿，又像没拿定主意似的，往回缩缩。

小丑的耐性被这种像大人逗孩子一样的把戏消耗殆尽。他急躁地低吼道："哎呀，你别跟他啰唆了，快点儿给我球，马上就要上场了！"

大福刚刚平静下来的情绪再度变得紧张。他收回手，干脆把球紧紧搂在怀里，面对着小丑的身体也吓得直往后退。

铃儿不满地扭头，白了同伴一眼，说道："你别吵了！你吓到他了！”

前台传来观众热烈的掌声，小丑知道是踢碗姑娘的表演已经进行到了高潮，自己上场的时间转眼就要到了。他急得只想冲上前去掰开这个神经病男孩儿的手指，把球抢回来。

双方正僵持不下的当口，王心诚匆匆挤进人群：“大福，怎么了这是？”

杂技团的团长看到王心诚，如获救星，不无埋怨地把他拉到大福跟前：“老王，快管管你儿子。这算怎么回事！”

儿子像个受了莫大委屈的孩子，眼巴巴地看着父亲，脸颊和嘴角都因为紧张而绷紧了。

王心诚又心疼又生气，低声严厉地训斥道：“大福，快把球还给人家。”

儿子没有得到想象中的父亲的支援，失望而气愤地瘪着嘴自己跟自己嘟囔。

王心诚一把抓住他的手，利落地从里面抠出几个小球，交给旁边的小丑，刚好赶得及他上台。

大福的手空了，周围的人眼睁睁地看着他一张白净的脸瞬间涨得通红，低头紧紧盯住自己和父亲之间的那块地板，仿佛要用目光在上面钻出一个洞来。

几秒钟后，他突然仰头朝天大叫一声，挥手一拳，重重打在父亲肩膀上，自己猛地转身，摇晃着身体踉踉跄跄地跑出去，留下身后愕然的一群人面面相觑。

王心诚不了解儿子为什么生这么大气。

固然，用众所周知的普通人的行为规则来约束他并不容易，但只要耐心教他，他还是明理的。尤其是在多次阻止他自己从柴嫂冰柜里拿雪糕出来之后，他已经懂得不能随便拿别人东西了。

可这次，不知道这些小球牵动了他的哪条神经，打了父亲之后不但没有一丝歉意，反而一直板着脸，对王心诚刻意缓和关系的举动表现得完全无视。

晚上睡觉时，大福连衣服都不肯让父亲帮忙脱，自己埋头叠好脱下的T恤摆在脚边，背对着父亲钻进被窝。

王心诚试图去挠他痒痒，奈何儿子全不配合。被他夸张的动作惹毛了之后，大福突然转过脸，大声对他说：“不扑吁！”

王心诚一呆，讪讪地停住，手在儿子脑袋上方悬了半天，想去摸一摸，却终于尴尬地收了回来。

铃儿也一直在琢磨大福这次奇怪的举动。

从他们认识以来，他一直是温顺的，甚至有一点儿羞怯的，比起杂技团里那些一有闲工夫就喜欢互相斗嘴皮子、吹牛争风的小伙子，他安静得让人心疼。

她从不知道他会有这么愤怒的时候，而且愤怒得没有理由。

这天，又轮到她当班演小丑。

她对着后台的镜子，小心翼翼地描出小丑大笑着的圆润嘴角，忽然听到背后传来窸窸窣窣的响动。

她放下画笔走到声音传来的地方，一排挂满演出服的落地衣架下，露出一双内八字站着，两脚内侧像要鼓掌一样跷起来的脚，是大福的。

她掀开挡在他们之间的一条大灯笼裤，看见大福局促不安地站在衣服后面，并不看她，也不说话，只是把手伸过来，手里握着一枚小巧的鸡蛋，白白的，就像头天他抢来的小白球。

“给我的吗？”铃儿问道。

大福不答，执拗的手托着鸡蛋，又往前递了递。

铃儿突然明白了——大福之所以抢另一个小丑的球，是因为他认为球是属于铃儿的，他要抢回来给她。而这枚鸡蛋，是他没抢到球，对她所做的补偿。

一股暖流瞬间把铃儿的心填得满满的，不留一丝缝隙，鼻子酸得不行。

人生已走过的二十年中，除了奶奶，还没有人在她身旁，这样体贴地、不分青红皂白地维护过她。

她一直以为，奶奶走后，这样的人是再不会有了。她拈起大福直举到她眼前的鸡蛋，眼睛里控制不住地盈出泪来。

大福看她流泪，忽然开口道："你笑什么？有什么好笑的？哈哈哈……"

含着泪的铃儿反而被他逗乐了。

大福幸福地看着铃儿梨花带雨般的笑脸，乐滋滋地转身就走，嘴里还嘟囔着："你笑什么，有什么好笑的，哈哈哈……"

铃儿突然想到什么，一把拉住他："等等！"

化妆镜前，两个人相对而坐。

铃儿让大福闭上眼睛，自己拿着笔细细地往他脸上涂油彩。

画完之后，她把大福的脸转向镜子，让他睁开眼。

镜子里映出两个一模一样的小丑，两人都开心地咧着嘴嘻嘻大笑。

一开始大福有点儿不太习惯自己的新面貌。他对着镜子，小心翼翼地龇龇牙，没发觉有什么不适，再仔细研究下，那画出来的狡黠的白色小眼睛和夸张的笑脸，看起来滑稽又温暖。

他对镜子里的自己打量来又打量去，终于满意地笑了。

铃儿看着他，像突然想起了什么，掏出自己的手机，给镜子里的两个小丑脸照了张合影。然后，她拉着大福来到海洋馆的公用电话旁，投币拨通了自己的手机，把号码记下来，存成大福的名字，并把两个人的合影设置成通话时的显示图片。

大福懵懂地站在铃儿旁边，看着她的每一步动作，不明所以。

公用电话的铃声忽然响了，是铃儿用手机又拨了过去。

“以后这个电话响了，你要接，大福，这是我打给你的，知道吗？”铃儿举着手机，任电话铃“得儿铃、得儿铃”地一声声响个没完，认真地对大福说。

大福专注地看着电话机，若有所思，并不回答。

铃儿上前捧住大福的脸，直望进他纯净如一潭深水的眸子里去：“以后这个电话响了，就是我打给你的，记住啊。”

大福还是不明就里。他又怎么会知道，铃儿对于电话的说明，是他们之间再次分别的前兆。

而这一次，他们恐怕是真的很难再相见了。

第十七章 / CHAPTER SEVENTEEN

过了个周末，大福再次跟父亲来海洋馆上班。

他突然发现海洋馆前的空地上似乎少了些什么，仔细回想，原来是杂技团的大帐篷已经被连根拔起，踪影全无了。

他心里莫名地咯噔一下，停住脚步，茫然四顾。

什么都没有，没有小丑，没有独轮车，没有喷火的怪脸，也没有他们在时惯常的杂乱与聒噪，只有清晨的水泥地反射着初升太阳的微光，静得让人忐忑。

他的身体开始紧张地前后摇晃，嘴里不由自主地念念有词。

王心诚先是发觉了儿子的异常，接着便马上明白了他的心思。

他心里暗叹口气，拍拍儿子的背，柔声解释道："他们走了，大福，他们就待两个月。"

大福不知听懂了没有，只是僵立在原地，一动不动。

这一整天，大福都是在恍惚中度过的。

意识到铃儿已经离开的事实后，他在公用电话旁守了很久。

熙熙攘攘的游人从他身边走过，有人欢笑着在他身旁拍照；有孩子奔向前面不远处的声音走廊，一一按下图片对应的按钮，让动物的叫声次第响彻，而大福却始终是默然的。

他就这么愣愣地背对着电话站着，期待某一秒钟，铃儿许诺过的电话铃声会惊喜地骤然响起。

傍晚，王心诚做完最后一次循例的检视，走到工作区大福常待的玻璃窗旁，准备招呼儿子回家。

可大福习惯坐着看风景的小凳子孤零零地摆在窗边，人却不知去向。

“大福，该回家了。”王心诚一路喊着，找过表演池、海兽池、声音走廊，仍然不见儿子的踪影。

他越来越紧张，脚下的步子也越走越快，到最后几乎小跑起来，呼唤儿子的声音里也带了哭腔：“大福，大福！”

还没下班的老唐和几个工作人员被他的呼喊惊动了，纷纷跑过来问他怎么回事。

得知大福不见了，清洁工老郑忽然拍腿道：“哎呀，我看见他了，他背着书包出去了！”

老唐怒道：“你怎么不拦着他呢！”

老郑一脸委屈地看着王心诚说：“我以为老王知道呢！”

王心诚满心焦急，顾不上说什么，就往门口跑去。

被撇在身后的几个人简单地商量一下，也纷纷跟着他跑出来。

公交车站，没有。

家，没有。

养护所，没有。

所有知道大福失踪的人都被发动起来，在一切他可能出现的地方做地毯式的寻找。

老唐、谭所长和海洋馆的几个工作人员开了三辆车，沿着海洋馆附近通往不同方向的道路，一遍遍扫街。

从日薄西山，找到灯火通明，没有人看到大福的影子。

王心诚坐在老唐的车里，又急，又怕，又怒，脖子伸出老长，恨不得再多生出十对眼睛，往街上来往行人的脸上扫。

一个个身形跟大福相似的人让他一再失望，他觉得心里有一团小火苗，已经嗖嗖地灼干了他全身的血。再找不着儿子，他恐怕会打开车门跳下去，给自己个了断。

什么时候这噩梦般的煎熬才能停止？

他这大半辈子，就像一个在沙漠里郁郁独行的旅人，怀着对绿洲的渴望，拼了老命坚持着越过一座沙丘，又遇见一座沙丘，辛苦无穷无尽，总也看不到尽头。孙悟空陪唐僧取经，也不过只有九九八十一难，可他们呢？难道真的要死了，才能得到解脱吗？

“哎，老王，你快看那个是不是？”老唐突然把车速放得更慢，指着对街一间麦当劳外长椅上坐着的模糊的人影，问王心诚道。

王心诚向那个方向定睛一望，立马认出了儿子身上蓝白色横条纹的T恤，他连呼带喊地让老唐停车。

车还没停稳，他就推开门冲出去，也顾不上避让马路中间疾驰而来的车，在司机们骂骂咧咧的斥责中，奔向儿子。

长椅上摆着一个伸出手做搂抱状的麦当劳叔叔塑像，身上金黄的衣服像极了铃儿的演出服。麦当劳叔叔一脸灿烂的小丑模样，也跟铃儿的小丑妆酷似。

大福就静静地靠坐在麦当劳叔叔半弯的臂膀里，与塑像依偎着，仿佛这样就能得到莫大的安慰。

王心诚呼哧带喘地跑到儿子身旁，勉强压住马上要从胸膛里跳出来的心脏，温柔地叫他的名字：“大福，大福——”

儿子像雕像一样纹丝不动，也没有任何反应。

半晌，他才扭脸看看惊魂未定的父亲，眼睛里深深的忧伤让王心诚的心都要碎了。

他带儿子回了养护所。

照顾他睡下，自己坐在床边，一下一下，慢慢地，满是怜爱地抚摸儿子的头发，心里波涛翻涌。

良久，他才开口道：“大福，你放心，谁不在了，爸也会一直陪着你。”

儿子没有答话，只是轻轻闭上眼睛，孩子般地长出一口气，头往父亲手边靠靠，把脸放在父亲手上。

王心诚再不说话，望着儿子在灯下和母亲如出一辙的俊美轮廓，暗暗地把这承诺又对自己说了一遍：陪着儿子，永远，永远。

第十八章 / CHAPTER EIGHTEEN

永远有多远?

铃儿不清楚。

在杂技团即将出发前往下一个城市的时候，她最后一个爬上拉着帐篷道具还挤着十几口子人的大卡车车斗，目送着海洋馆朝与自己相反的方向远去，直到那蔚蓝色的大门彻底消失在视线尽头。

她想她会永远记住那个有孤独症的，像鱼一样沉默，又像水一样温柔的男孩儿。

他像海豚一样从水底跃起又潜入水面的漂亮身形，从不正眼看人还喜欢对着角落自言自语的身影，他对着被暮色染青的天空甜蜜微笑的侧脸，还有他把鸡蛋举到她眼前时平静而不容置疑的模样……这一切都像刚刚发生，新鲜得还带着刚从树上摘下来的叶子般的清香味道。

要在公路上走好几天，迁徙的路程漫长而单调，大部分人都习惯性地靠着车厢或是高高堆叠起来的箱笼打起盹儿。有几个人围在一起兴致勃勃地打扑牌，只有铃儿在车斗最靠外的角落里安静地待着，拿出手机，一遍遍翻看里面的照片。

白鲸、魔鬼鱼、海豚、五光十色的热带鱼、两张小丑脸、游水的大福、游水的大福，还是游水的大福……很多很多，是大福游泳的时候。这是她沿着池边、玻璃隧道，追着拍的。

她紧盯着手机屏幕，把照片时而放大，时而缩小，发出时而甜蜜、时而感伤的叹息。她发现自己才刚刚离开，便已经开始想念了，就像想念曾经最疼爱她的奶奶一样。

她闭上眼睛，让思绪也跟着沉入夜的黑暗，努力让自己平静下来。

就是这样，她的人生，或许还有很多人的人生，就是聚少离多，苦大于乐。她早已经学会像骆驼一样，储存星星点点的美好与快乐，抵挡大片大片的孤独与悲伤。

遇见大福，是多么幸福的一段时光，什么也不必多想，有了这些回忆，已经很好很好了。

合着的眼帘里，浮现出男孩儿在水下鼓着腮帮子吐气的脸，一串晶莹细碎的泡泡从他嘴边汩汩地冒出来，冲向被阳光涂抹得金灿灿的水面。

女孩儿咧开嘴，露出一排细密的白牙，甜甜地笑了。

就在铃儿百感交集地回味着美好时光的同时，王心诚拉着儿子，正站在海兽池底的透明玻璃隧道里。

隔着隧道，成群结队的鱼儿们漫无目的地四下游逛，挥霍它们总也用不完的好日子。

不远处，一只身形巨大的海龟慢吞吞地缩了缩前爪，算是对一群小鱼惊扰它好梦的回应。

王心诚指着慵懒的海龟，对儿子道："大福，你看见这海龟了吗？爸爸就是海龟，过些天爸爸就变成海龟，天天陪你游泳。"

儿子人生中第一次有意地出走，也使王心诚第一次意识到，儿子对别离不是无动于衷的。

许多年前母亲的离去，一定也不会对他全无影响，只是当时儿子太小，并不清楚她的消失意味着什么。

他没有正常人看来健全的情绪表达方式，他也说不出来，可是他一样会想念，会悲伤。如果过些日子，自己也走了，在短时间内反复遭受别离的打击，将会给儿子造成多大的创伤？

想通儿子为什么会去找麦当劳叔叔塑像的那一刻，他也已经有了主意。

在有生之年余下的日子里，他要全力以赴，让儿子相信父亲就是只海龟——每天在海洋馆里懒洋洋地打盹儿，高兴时就慢腾腾游上一会儿的那种，哪儿也不去，就在这池子里活着，很久很久地活着。

这样，即使他没了，儿子也还有海龟，看见它就能得到安慰。

对这好不容易苦思冥想出来的主意，王心诚很是得意。

海龟的寿命很长，足以长过大福。

于是，旱鸭子王心诚开始努力地学习游泳。

入秋已经好几个月了，天一阵阵地凉下来，表演池里的水冷得透心，让他全身立刻被一层薄薄的鸡皮疙瘩覆盖。

他咬紧牙关，每天泡在水里，面无表情地看着他的儿子走来走去，说话的声音都哆嗦得发了颤："大福，爸爸是海龟，爸陪你游泳。"

儿子轻巧地转了个身，往池子中间一蹿，就游出去两米开外。

王心诚跟在后面，笨拙地吸了一口气，脚蹬住池底猛地用力，然而身体并没像想象的那样浮起来，反而像个铅砣似的直往下坠。

他手忙脚乱地扒拉两下就掉到了池底，赶紧抓住池边把头努力伸出水面。

呛进鼻子里的水辣得他两眼直冒泪光，他狠狠地咳嗽几下，胡撸一把脸上的水，又深吸一口气，重复刚才的努力。

儿子已经游得很远了。对父亲是不是海龟这件事，他根本没放在心上。

他也并不欣赏父亲一有机会就在他旁边伸长脖子，像划水一样两手乱比画的怪样子。

爸爸就是爸爸，爸爸当然不是海龟。海龟有壳，而且海龟天天都背着壳在水里游，而这两点，爸爸都没有。

第十九章 / CHAPTER NINETEEN

这天，王心诚突然出现在柴嫂的小卖店外，笑吟吟地冲她打招呼。

柴嫂吓了一跳，几乎是喜出望外地迎上前去，想拉住他的胳膊，好好端详端详。

上次大福走丢后，他也来过一趟，不过是蜻蜓点水，看一眼就急匆匆地走了。这会儿他站在她面前，手里拎着一个从旧家里收拾出来的扁圆竹筐，看起来精神头不错，就是脸又瘦了一圈，两颊的皮肉已经有些松松地塌陷下去，让人看着心疼。

大福在养护所的日子，他一定过得不省心，为了能让孩子过得有意思，还天天带着儿子去海洋馆上班，都难成这样了，还这么要强。

她心里又佩服又替他辛苦。

“回来取东西？”两人欢喜而局促地这么对视了片刻，柴嫂才想起来跟王心诚搭话。

王心诚抬手扬了扬手里的竹筐，“嗯”了一声。

柴嫂低头轻叹口气，仿佛在掂量下一句话该不该说出口，略微踌躇了几秒，她抬起头，眼睛亮晶晶地望着王心诚道：“你何苦呢？有个地方收留大福，不是已经很好了吗？”

王心诚条件反射般地笑了一下，随即，他收住笑容，沉默片刻，反问她：“活得一点儿快乐都没有，为什么要活着？”

柴嫂不再说话，转身去柜台里用塑料袋装了满满一袋子鸡蛋，递给他：“给，大福爱吃。”

王心诚感激地接过塑料袋，挂在拿竹筐的手上，另一只手伸进兜里想掏东西。

柴嫂像被谁莫名其妙抽了一耳光似的一板脸，说：“你这是干吗，要给钱我就急了啊！”

王心诚却不语，掏出一个冲洗照片的柯达纸袋，递过去。

柴嫂满脸疑惑地接过来打开看，里面装着一张两寸的彩色照片——王心诚在照片里笑得满腹心事。里面还有薄薄的几张百元钞，崭新的，还散发着刚从银行保险柜里出来那种淡淡的油墨味儿。

“我照了张相……到时候，帮我放那个盒上……这是钱。给我挑个便宜的就行，贵了没用。”说完这几句，王心诚仿佛如释重负，满是期待地望着柴嫂，等她的回应。

柴嫂的眼圈立刻红了，眼泪瞬间流下来，哗哗地止不住。

她抹了把泪，白了男人一眼，麻利地把钱抽出来塞回男人的口袋：“这话说不着！你这不是好好的嘛！”

王心诚抓住她的手腕，想把她的手从口袋里掏出来，两个人都固执甚至有些气哼哼地拧着使劲，谁都没想到第一次亲密的肢体接触竟然在这样的情境下发生。

最后，还是柴嫂的眼泪软化了王心诚的坚持。

她挣脱开他的手，把钱往那口袋里一掖，说：“照片我拿着，其他的事儿……”她摇摇头，下面的话全哽在嗓子眼儿里。眼泪哗哗地成片流下，实在说不下去了。

王心诚的手摸着口袋，仿佛在体味柴嫂的手留在里面的余温。

过了半晌，他犹疑地抬起手来，轻轻拍了拍柴嫂的肩膀。

他想给柴嫂一个拥抱，他想再说几句话，可思绪全乱了，什么也说不出来。身体也僵硬住，他都没有勇气去拥抱她。

看着柴嫂已泣不成声，王心诚也不忍再待下去，只好转身离开。

柴嫂泪眼模糊地望着他的背影，心里想叫他，可喊了几声，都发不出声音，哀恸莫名。

有种感觉，像雷雨前的阴云一样，越来越重地悬在她心头——这将是他们的永诀。她有这个预感，可心里又把这预感粉碎掉，不会的，一定会没事的，一切都会好起来！

她颤抖地用双手攥紧照片纸袋，贴在胸口，已经淌到手指缝里的泪珠打得纸袋起了皱。隔着纸袋，照片上的男人望着女人，越发笑得满腹心事。

总的来说，王心诚生命中最后的二十九天过得还算舒心。

后事已经交代过了，他没了别的顾虑，唯一的任务就是在儿子面前建立自己“海龟”的全新形象。

他给从旧家里翻出来的竹编织筐蒙上布，涂上墨绿色的油漆花纹，做了一个形似乌龟盖子的东西。再编四个绳套，从竹筐的四角穿出来，做成背带。把这玩意儿扣在背上，他自己都觉得很像一只长着人形的海龟。

之后再下水学游泳，他都背着这只假壳。

他还细心地去海兽池观察了真海龟游泳时划水的方式。

再一次陪儿子游泳的时候，他不再徒劳地扑腾，而是做好沉底的准备，深吸一口气，便放开池边，在身体自由下沉的过程中像海龟一样划动四肢，力图做得缓慢而优美。

等这口气出完，他从水里冒出来，抹一把水，得意地问儿子：“大福，你看，我是海龟吧？”

儿子有点儿疑惑地看着举止怪异的父亲，不置可否。

王心诚毫不气馁，又使劲憋口气，让自己沉下去，沉到一半，背上的壳便被重重蹬了一脚，身子猛地扑到池底。

他惊慌失措地乱扑腾乱蹬，好容易踩着池底站起身，却发现刚才那一脚是儿子自顾自游走时送给他的。

连着带吓带冻，他的肝区又像被谁揪着拧着一样剧烈地疼起来。他趴在池边，用坚硬的池沿紧紧顶住自己的肚子，大口大口喘着气，眼前金星乱冒。

这时，一个人远远地走过来，在他面前蹲下，伸出一只手。

王心诚艰难地抬头一看，是老唐。

看着这一幕，老唐实在不忍心不走过去，有些话，他也必须说了。

王心诚裹着浴巾，和老唐两人在表演池边席地坐下。

老唐递过来一支烟，王心诚犹豫了一下，接了，但是并不点火，只在手指间轻轻捻着，放在鼻子下面闻闻味道。

老唐自己点了一根，深深抽一口道：“就你这身体还学游泳，不要命啦？”

王心诚憨厚地笑笑，不说话。

他当然知道自己在做什么，可是他不想说。

“别游了，”老唐又深深吸一口烟，想弹烟灰，却四顾找不到地方，左右看看，只得把烟灰弹到手里，“你不是说，大福他妈就是游泳出的意外吗？你现在这身体，咳，不是我咒你，更容易出意外。”

王心诚觉得自己的心脏就像被一柄大锤结结实实地夯了一下，那封存许久的隐秘的角落，现在门扉半启，只要他轻轻一推，就能走进去，把里面他想明白和想不明白的事通通看清楚。

意外？就凭清莲的水性，就凭她平常带着大福去的那个还不及两米深的海滩？

其实他记得很清楚，清莲出事的那天风和日丽，没有大风，没有暴雨，没听说有什么危险的海兽出没。太阳热烈地晒了一天，下午四五点钟正是水温最宜人的时候，也不太会有水冷导致腿脚抽筋的可能。

况且，七岁的大福都游得好好的，只是不知在什么时候，一转眼，就不见了妈妈。

他见清莲的最后一面，是她失踪后的第三天，人们发现她被海水冲上沙滩的尸体。

那张清丽的脸已经被海水泡得浮肿起来，衣服也都给海水冲没了，可眼睛是安详地闭着，身上也没有伤口，看不出有任何痛苦、挣扎过的迹象。

意外？！

王心诚嘴边掠过一丝苦涩的微笑。他把玩着手里的烟，缓缓说道："我和他妈不一样，我不会出意外的。说实话，大福他妈水性特别好，我根本不相信她能在水里出意外。"

那个从来不敢稍有碰触的伤口……不知为什么，他就想这会儿狠狠地把它揭开。

多少年了，他以为他还要撑很久，所以蒙着骗着自己，不去追究，害怕真相会让他满怀怨恨，无法平静地接过骤然加倍的责任。

可现在，他已经看到死神的衣襟投在地上那凉阴阴的影子，很快，他也得不舍、不甘，却又不得不撂下这个担子，追随她的旅程。

这些日子里，他早明白了她在那些辗转反侧的夜晚所有的挣扎和苦痛，也没法再去怪她——要是她现在还活着，他倒先走了，以后她独个儿可要怎么活？她不是不爱儿子，不爱他，她只是憎恨自己把苦难带给整个家却又无力背负，到末了，她也舍不得亲手结束这个苦难，只有亲手结果自己。

清莲笑起来什么样？

他努力地回想，家里墙上挂着的几幅照片里，只有两张她是笑着的——一张是结婚时照的，她还梳着干干净净的马尾，露出光洁的额头，两只丹凤眼对着镜头眯成月牙儿，头微微地向他的肩膀靠过来；另一张，是儿子周岁时一家三口的全家福，儿子裹在厚厚的小棉袄里，被妈妈舒服地抱着，小眼睛圆睁着好奇地看前面。清莲略低着下巴，脸不自觉地贴向儿子的小脸。脸上的表情，跟世界上任何一个幸福的母亲一样，安然，慈爱，对未来满怀希望。

到后来儿子查出这个病，她就再没笑过。

他们最后一张全家福里，清莲在摄影师的反复诱导下勉强抿了抿嘴角，一只手紧紧搂在站在身前、面无表情的儿子肩头。

也是自己没用，她短暂的一辈子里，给她的幸福那么那么少，还怎么忍心怪她呢？

“她特别爱大福，从一生下来就天天抱着，看孩子的那种眼神，呵，你都想不出来，那感觉能把人的心都化了……”

王心诚低低地诉说起妻子的往事，并没觉得是在说给老唐这个不相干的人听，倒像是在说给自己听。

从相识到相知，从二人世界到一家三口，他们之间最喜乐的那段光景，随着他的述说，像回放的老电影，带着岁月慷慨馈赠的斑驳划痕，一幕幕在他眼前浮现。

大福刚出生时，筋疲力尽的清莲看着襁褓中的儿子喜极而泣的样子；

无数个夜晚，孩子吃饱奶睡熟了，她也舍不得抓紧时间休息一会儿，目不转睛地望着儿子，忍不住一次又一次地吻他还长着湿疹的小脸蛋、小屁股；

她给儿子换衣服时用细长的手指灵巧地挠儿子的痒痒，母子俩在床上乐成一团；

她俯下身子，托住在沙滩上蹒跚学步的儿子腋下，教他一步步跌跌撞撞地往前走，每一步脚印都踩在儿子的小脚印上……

他原来没有一天不怨老天爷对他们不公，可是回想起这些，他突然觉得，那些美好的日子，甜得那么浓，已足够抵消后来的所有痛苦。

他心里是从未有过的豁然开朗。

“后来查出大福有病，她怎么也接受不了这个现实。这意外，我觉得是……”他说到这儿，看见老唐夹着烟的手猛然一抖，已经烧尽的烟头落在洁白的瓷砖上，发出“滋”的一声轻响。

抬起头，老唐的眼里又是惊愕又是心疼，正一眨不眨地看着他。

“我不怪她，”他像是宽慰老唐似的笑笑，望着水里还游得忘我的儿子说，“不是谁都能面对大福的。但我得让他妈放心，不能亏待了这孩子。”

老唐顺着他的视线望过去，大福远远地从水里浮出半个身子，又一个猛子扎到池底。

两条白鲸跟在他身后，兴奋地叫了一声，也扎个猛子潜入水里，一瞬间，大福和白鲸相随着，游得欢腾不止。

很久以后，直到王心诚已经变成一抔骨灰，安葬在这个远离故乡的城市，老唐还常常想起那个安静的傍晚，王心诚喃喃自语着望向远方，仿佛灵魂出窍的样子。

第二十章 / CHAPTER TWENTY

谁也没想到他去得那么突然，虽说是癌症晚期，虽说偶尔也能撞见他疼得一脸扭曲，倚着墙大把大把地吞药片，但更多时间里，除了脸色灰暗些，神情憔悴些外，他跟任何一个用心、用劲儿，好像还有大把好日子活着的人表现得没什么不同。

他像钟表一样精确地出勤，兢兢业业地检修线路、机器，还拼了老命学会游泳，天天跟儿子一起泡在池子里，像只真正的海龟一样，笨拙地扑腾着，逗儿子乐。

看他们父子俩仿佛把这辈子的天伦之乐都攒在这些日子消受的劲头，谁还在乎那是两个病人呢?

最后的那几天，他还带大福去了好几个地方：市中心的广场、郊区的寺庙。每个地方，都有长得跟海龟一样的雕塑。

广场里的海龟嘴里会喷水；寺庙里的海龟比较可怜，背上驮一块巨大的还刻着字的石碑，也不知道有多沉。

他总是翻来覆去地对儿子说："你记住大福，海龟是动物里最长寿的。爸爸是海龟，你放心，爸一直能陪在你身边。"

可是爸爸食言了。

他走的那天一切如常。

海洋馆闭馆之后，清洁工老郑还看见他一手拎着他的"龟壳"，跟在儿子后面，乐呵呵地去游泳。

他们互相打了个招呼，王心诚说工作区那儿先不用打扫，等明天一早他把一台机器的配件换完，他来收拾。

没想到碰过面还不到二十分钟，老郑就听见有人高声呼救说，老王出事了。

王心诚最后一次背着他的"龟壳"下到水里，只觉得今天的水温似乎分外低些，惨凉惨凉的水裹着他的小腿，冷得他的腿肚子直转筋。

他连忙往裸露在空气里的身子上泼了两把水，然后龇着牙，小声吸溜着，一点点蹲低。

不远处，儿子已经像条鱼似的，欢欢实实地游开了。

还是小伙子火力壮啊，要是退回去二十年，他也能这么棒。

老了！

他欣慰地注视着儿子的一举一动，自己缓慢地拨开水，往儿子的方向游过去。

自打他学会游泳后，他和儿子之间就老做这样的游戏：儿子先在前面游一段，再转回来找他，陪他泡一会儿，再钻到别的地方去玩。

只有在水里，王心诚才能如此确切地感受到儿子对自己的欢快的依恋，就像一个贪玩的风筝，不管放出去多远，总还要回到他身边来……

其实，或者，是他更依恋儿子，依恋这种依恋。

这二十几年，生活中每一分钟都被别人全心需要的感觉多好！

假如不曾经历这些，他不过是千万庸庸碌碌活着的人们中再平凡不过的一个，在日复一日柴米油盐的琐碎消磨中活着。自己也不清楚为什么活，一直到死。

是儿子让他的生命充盈、丰富，焕发出与众不同的光彩。

他其实不是上天降下的罪与罚，而是独特的、折翼的天使。

他们互相陪伴的过程，其实是上天给自己的独特恩惠。

他几乎要怪自己为什么没早点儿学会游泳，否则，他会早早明白这个道理，能多拥有很多这样的甜蜜时刻，好好受用。

儿子在前方一个漂亮的鱼跃，扎进水里，一转眼的工夫，就在王心诚身边“哗”的一声冒出头来。

王心诚吓了一跳，随即笑着叫着儿子的名字，朝一个转身又游远了的儿子追去，可是毕竟体力不支，很快就被落在后面。

他深吸一口气，想往前赶一赶，却突然觉得水下的两条腿像坠了铁砣一般，沉得抬不起来。

紧接着，那种熟悉的疼痛又贯穿了他的腹部，像有一只邪恶的手，在里面翻天覆地地肆意扭绞他掌管痛觉的神经。

他下意识地想弓起背，可停止了划水的身子马上失去浮力，直挺挺地往下沉。

他勉力蹬着水让自己的头露出水面，喘息着朝儿子喊了一声：“大福，爸爸游不动了，爸爸先上去了……”

话音未落，一阵更犀利的疼痛袭来，他脑子里顿时一片空白，只记得并起双肘，紧紧顶住自己的肝部。

水迅速压向这个放弃挣扎的人，压向他背上那个绿油油的、滑稽的“龟壳”。

已经整个没入水下的王心诚感觉自己就像那只驮着石碑的赑屃，长了一副乌龟的模样，也跟它一样，被千钧的重量压得只能一路下沉，无法翻身。

水已经灌进他的鼻子，他不能呼吸，张开嘴想喊，又是一股水涌进来，堵在他嗓子眼儿里，肺里的最后一口空气已经所剩无几。

他拼命挥动双臂扑水，两腿也四下乱踢乱蹬，希望有那么一下，能送他到水面上，逃脱这让人窒息的压迫，可水的力量太强大了，他的力气，却越来越小。

静。真静。

王心诚在生命的最后时刻仰面朝天地躺着，感到前所未有的轻松。他双眼圆睁，眼前一片白茫茫的水似乎化成了透明的，让他能一眼望穿，望破水面。

他看见头上碧空如洗，白云稀薄如丝，阳光经过水的过滤，没了叽叽喳喳的焦躁，安静地停在他的肩膀上。

他看见五六岁的儿子扑进他上方的水里，快乐地扑腾，而他朝思暮想的妻子正在不远处轻盈地摆动身体，一边游一边扭头向岸边回望，像是在寻找他。

“我在这儿。”他想说，“我来了。”

但他只是喉头动了动，一串晶莹的水泡大套着小，小挽着大，从他半张的嘴里冒出来，袅袅婷婷地上升……

发现王心诚溺水的工作人员在海洋馆里张皇失措地呼喊，杂沓的脚步声去了又来，有人扑通扑通跳进水里，用哭腔叫着王心诚的名字。

在王心诚耳朵里，这些交杂的凌乱的声音全幻化成了温柔的海涛，像母亲轻吟着摇篮曲，催他入眠。

他脸上带着微笑，合上越来越沉的双眼。

这是他在人世间听到的最后的声音。

尾 声

大福端着个方方正正的檀木盒子，照身边柴嫂的指点，弯腰放进地上一个黑黢黢的小洞里。

盒盖上，父亲在一张小照片里冲他笑，笑得像是有很多话要说。

他知道，父亲一张口，准又要说，他就是海龟，海龟最长寿，他会永远陪着大福了。

其实他什么都不用说，他从来没有骗过他，他说的他全相信。他也朝盒子上的父亲笑笑，直起身。

秋天明净的阳光照在他们背后，把他们的影子投在素淡的墓碑上。

墓碑前，靠着几把菊花，有黄，有白，不管人的心情多么惨淡，都兀自开得热烈。

还有一束红玫瑰，深红得像在心头刺出的血，这是柴嫂送的。

她想他这辈子也许都没有这么浪漫过，这一回，她要为他浪漫一次。

盯着墓碑上的字看了许久，老唐突然像想起了什么似的，将手里大福的外衣交给身旁的谭所长道：“把我的名字也加上去吧，往后大福还和原来一样，白天在我那儿。”

谭所长接过外衣，看到背后缝着一块白布条。布条上，王心诚拿红色的记号笔端端正正写着：“王大福，孤独症，血型B型，监护人：圣心养护所，电话：65983587。”

一旁的柴嫂轻声说：“还有我的。”

众人的目光齐齐地交织在一起，那目光里闪出莹莹的光。泪光折射出的阳光是七彩的，折射到大福脸上，暖暖的，亮亮的。

父亲不再陪住了。

紧凑的小房间撤去一张弹簧床，蓦地空了许多。

他的牙刷和漱口杯还在原来的位置，没有人动，大福每天把自己的牙刷和漱口杯柄，照着他的摆向同一个方向。

一切都保持着父亲还在时的样子，除了那只玩具狗不再趴在电视机上，耳朵耷下来遮住了半个屏幕。

父亲说过狗不能放电视机上，他记得的。

养护所的做饭大师傅每天早上都能看见这个有孤独症的孩子，拿着一个盘子和一个鸡蛋走进厨房，旁若无人地经过他，走到从前父亲教他炒鸡蛋的那个煤气炉边，架上锅，倒一点儿油，打着火便开始数数，一字一顿地数到六后，他便娴熟地将蛋在灶边磕开，打进锅里，重新开始数，数到十五，翻面。

一个外皮焦黄、内里软嫩的煎蛋就这样在他手下毫无悬念地诞生了。

他安静地端着盘子回到房间，吃完，洗碗，然后背起书包，把公交卡挂在脖子上，出门到海洋馆去上班。

346，他从没坐错过。

上东路站上，夕阳大街站看见红楼下。晚上回来的时候正相反。

无论换多少辆车，换几个不同声音、不同语调的售票员，他都能勇敢地大声答出他们“有没有人下”的问话。

在海洋馆，他是最不会偷懒的清洁工。

单是一条声音走廊，人们都能看到他深深低头，把嘴抿得紧紧的，来来去去擦上好几遍。

也许是当初父亲的一巴掌让他记忆犹新，他现在没有一次不记得倒转身子，用力拿拖布抹去地上的灰尘、脏污和自己刚踩出的新鲜的脚印。

游客多的时候，他就坐在工作区一楼的大玻璃窗旁，两只膝盖并拢，脚向内对出个八字，双手规规矩矩地放在膝盖上，时而看玻璃窗另一面围得水泄不通，看潜水员喂鱼的游客；时而抬头瞧瞧二楼，仿佛那里还有一个父亲正在忙碌地检修机器。

父亲忙上一阵子，总会探头向下望望，看他是不是还老老实实地待在他的小板凳上，没出去给他惹祸。

他才不会，永远不会。

柴嫂来养护所看过他几次，起初还有点儿担心他不见了父亲，精神会不会崩溃，可没人看出他跟之前有什么不同。

那双黑白分明的眼睛，总是像一潭静水一样，无波无澜，深不见底。看人的时候，目光远远地落在人后面，温驯而疏远。

他比从前任何时候都更会照顾自己，头头是道。

谭所长说他是养护所里最不惹是生非的人。

原来他只是活在一个人的世界里，现在没了父亲，他的生活更跟他之外的世界没有了交集。

可是这样也好，他已经连最后一次感受痛苦的机会都没有了。

这天，天色已近黄昏，海洋馆里，一个女声开始在广播上程式化地欢送游人。其实不用她欢送，游客也已经走得差不多了，悠长的声音走廊里空无一人。

走廊的一头，大福一手拎着盛满水的水桶，一手拎着拖布，晃晃悠悠地走过来。还没等他把浸湿的拖布拧干，走廊上的公用电话突然响了。

“得儿铃、得儿铃”的声音每响一段，就像在空气中丢下一串省略号，带着无穷的期盼，等某人来让它们戛然而止。

大福丢下拖布，站直身体仔细地倾听。

铃声还在不折不挠地响着，“得儿铃，得儿铃”，像一声紧似一声的召唤。

大约响了一分钟，铃声断了，走廊里恢复之前的宁静。大福紧绷的身体放松下来，他蹲下身拿起拖布，若有所失地倒转身子准备擦地。

可铃声又响了。

几百公里外，杂技团新帐篷的后台，铃儿正握着手机紧紧贴在耳朵上，捕捉听筒里除了“嘟、嘟”的长音之外的其他任何声响。

她今天描了粗黑的眼线，戴着像小扇子一样眨眼时会扑在腮帮子上的假睫毛，嘴唇被红色的唇彩渲染得鲜浓欲滴，猛一看，像戴了一张某个艳俗女子的面具。

团长认为小丑的桥段太没新意，需要有更与时俱进的节目来吸引时髦的观众，所以她今天没有穿小丑装，而是穿了一件低胸迷你裙，将发育并不成熟的乳房和羚羊似的细长大腿都露出大半。

过一会儿，她将成为一个表演飞刀的演员的靶子，用这种比小丑惊吓一百倍也惊艳一万倍的方式，让观众们的感官得到一举两得的、酣畅淋漓的满足。

此刻，她不知为什么非常想念那个清秀的、安静的男孩儿。

似乎一想起他，整个世界的喧嚣都会停止。

可是电话始终没有人接。

她猜测电话那头发生了什么，他是不是正在表演池里和白鲸一起嬉戏？还是已经跟父亲回了家？抑或，他们像上次一样，打算永远离开海洋馆，以后再也不回去了？

接通的长音仍在继续，铃儿的心止不住地一路下沉。

要么，明天吧，明天再打。

就算他接不到，也终会有人打断这让人焦灼的等待，给她一个明确的说法。她决定等这次铃声再停止，就挂掉电话，然而就在她一恍惚的刹那，电话被接了起来，听筒里不再有嘟嘟声，可也没有人说话。

仿佛是谁关掉了全世界的电源，一切声音都静止了下来。

两个人之间，沉默的空白被细不可闻的呼吸声填满。

只一秒，她就知道那是他，他也知道。

他们各自在心里往那空白的地方砌了很多话，但什么话也不如什么都不说更能让他们彼此明白。

什么都不用说，只是知道对方好好地在那儿，就已经足够了。

她微笑着，长久地握着手机，直到一侧脸被它烤得微微发烫。他在那一端，也忽然嘴角上扬，无声无息地一笑。

外面天黑透了，就像许多个日子以前，湿淋淋的王心诚和儿子躺在随波逐流的小船里，看到的繁星满天。

除了门卫，几乎所有人都已经下班回家了。

大福终于完成了所有的活儿，鞋底唰唰蹭着地，用他特有的步子慢慢走到海兽池边。

他脱下衣服，规规矩矩地叠好放在池沿上，纵身一跃，跳进水里，激起的波浪惊得里面成群的游鱼四散逃远。

他没像平时一样追逐鱼群，或是在水里上蹿下跳，以跟它们比谁水性更好为乐。

那些与他玩惯了的海鱼、海兽惊奇地看着他一反常态，安静地一直下潜，下潜，潜到池底。

他越过鱼群，在珊瑚礁之间穿行，很快便追上了一只身形巨大，行动迟缓的海龟。它伸着脑袋，四肢稳健地拨水，执着地前行，并不理会身后赶来的不速之客。

但不速之客径直游到它身旁，伸手搂住它的脖子，趴在了它拱起的背上。游鱼们看见，一颗细小的泪珠刚脱离眼睛便被铺天盖地的水淹没了。

好脾气的海龟一点儿也没表现出什么不悦。它带着身上骤然增加的重量，依旧稳健地、缓缓地向前漂游，像一个倔强而伟大的父亲，带着儿子，前行在去往海洋天堂的路上……

附：写在后面的话

孤独症，又称自闭症或孤独性障碍等，是广泛性发育障碍。虽然人类还无法获知病因，但是，它却给病儿及病儿家庭带来了巨大的痛苦。更令人无奈的是，自闭症儿童的数量正在快速增长。为了提高人们对自闭症和相关研究与诊断以及自闭症患者的关注，联合国把每年的4月2日定为“世界自闭症日”。

“曾经，它的出现率为千分之一左右。”北京师范大学教授邓猛介绍，但是近些年这个比例在快速地提高，美国疾病控制和预防中心一份几年前的研究显示，每一百五十人中有一人患有自闭症。我国的自闭症患者数量也在不断升高，据全国残疾人普查情况统计，儿童自闭症已占我国精神残疾首位。中国残联的统计显示，2012年，我国仅在各类机构学习的孤独症儿童就有1.1万人。邓猛教授介绍，有研究甚至得出1/80的数字，即每八十个人中就有一个是自闭症患者。

《海洋天堂》小说中，王心诚为了安置自己孤独症的孩子四处奔波，费尽周折，心力交瘁。而现在我们已经有了专门为孤独症孩子提供教育服务的机构，叫“星星雨”。

“星星雨”成立于1993年。

1993年的中国社会，人们对孤独症的认知接近于空白。

“星星雨”创办人田惠萍老师的儿子就是孤独症。那年，田老师因为自己的儿子被诊断为孤独症，放弃了大学教师的工作，毅然决然地在北京创办了“星星雨”——中国第一个孤独症培训班。

当时，仅仅是寻找固定的教室和稳定的老师都异常艰难，更不用说建立一套适用的教学模式，以及寻求足够的资源支持学校的运转，压力巨大得无法想象。

从北艺幼儿园的小房间到海淀培智学校的平房，从中国聋儿康复中心的过道到樱花西街小学的教室，最终才正式定居于北京朝阳区的东旭新村。“星星雨”五年间搬了五次家。由于场地受限，设施简陋，教学经验不足，“星星雨”和孩子们一起成长着，从简单的户外运动到系统的运动课，从自制的简单用具到各式各样的训练器材，从没有被人关注的孤独症孩子，到志愿者们和爱心人士们一次次的慰问，“星星雨”步履维艰地前进着。

近年来，孤独症的发病率越来越高，且作为一种严重的婴幼儿发育障碍，症状特点会持续伴随终身。由于认知的匮乏、专业干预方法的缺失，让很多家庭都生活在崩溃的边缘。原本养儿防老的心思，突然转变成了对生命的焦虑：

“我死了以后，我的孩子怎么办？”

“我只想比我的孩子多活一天。”

“如果有那么一天，我就会带着我的孩子一起走。”

……

真正的勇士，总是能够直面人生的挑战，不断经历风雨的“星星雨”开始思索，该怎样才能帮助家长们解决这份焦虑，让家长体会生活原本快乐的样子。因此，“星星雨”从原有的家长培训项目，启动教师培训项目支持行业发展，探索大龄孤独症人服务项目。

本书的作者、著名导演薛晓路与“星星雨”有着密不可分的缘分。

“星星雨”创办人田惠萍老师说：“结识薛晓路是在‘星星雨’创办后的第二年（1994年），那时她还是电影学院文学系的研究生，因为偶尔在一本杂志上看到对‘星星雨’的报道，她马上找到我，希望作为义工为孩子们做些什么。现在回想起来，她应该是‘星星雨’最早的志愿者之一。

“她不仅帮我们照料孩子，洗碗收拾，还带着在北京人生地不熟的我到处寻找可能的社会资源，从此我们两人成为忘年交。弢弢，我的自闭症儿子的身边多了个可爱的‘薛阿姨’。我想，那一定是她年轻的人生中第一次被人叫作‘阿姨’。

“晓路当年就有了一个对我来说非常不可思议的想法：动员当时所有的当红的通俗歌手，举办一场为孤独症孩子的义演。尽管她的想法被很多人视作异想天开，但她却执着地为促成这事奔走着，没想到这个提议几乎得到了当时所有当红歌手们的响应，这个活动出乎意料地进展顺利……尽管这个活动最终没有搞成，但我心里始终记得那个公益演出的时间定在了1994年6月14日！”

作为志愿者的薛晓路，把孤独症儿童家庭生活的艰辛、困苦以及无助都记在心里，她希望通过自己的努力，帮助那些无助的家长。之后不管经历了怎样的曲折，她都没有放弃。

从1994年到现在，晓路坚持做“星星雨”的志愿者已经二十多年了，她为“星星雨”默默的付出，还有对孤独症孩子们浓浓的爱，都凝结在这本《海洋天堂》的书里。

当年《海洋天堂》的剧本刚一推出，感动了一批演艺圈的明星，李连杰、文章、周杰伦、久石让、奚仲文等演艺界的明星，纷纷加入到电影的制作团队中，终于同名电影在2010年正式上映，冥冥之中更为巧合的是，电影的首映日竟然同样是6月14日！

这是中国历史上第一部以自闭症为题材的电影，掀起了中国社会对孤独症的广泛认知，所以我们称2010年是中国社会关注孤独症的元年。

因为《海洋天堂》这个电影，壹基金开始重点关注政府尚未救助到的特殊需求，儿童自闭症是其中的一类，并以《海洋天堂》命名战略计划，每年的世界自闭症日4月2日，晓路联合演艺圈的明星都会为关注自闭症儿童而发声。

2015年1月19日，在北京师范大学北国剧场内，薛晓路导演和演员汤唯共同发起了“星星快行动”——关注自闭症儿童可持续公益项目。冯小刚、刘德华、周迅、王力宏、邓超、朴树、彭于晏、玄彬、EXO、孔侑、黄磊、多多、陈其钢、廖凡、刘若英、李心洁、邓紫棋、朱亚文、吴君如、徐若瑄、陈慧琳、许茹芸、常石磊等三十多位明星参与录制VCR，向全社会发出倡议："关注自闭症儿童，从我做起。"

"星星快行动"第一个行动是：联合北京大学生电影节和北京"星星雨"教育研究所启动的大学生原创影片大赛，评审团由汤唯、薛晓路、金泰勇、刘仪伟、张一白、曹保平六人组成，从参赛作品中评选出一二三等奖，透过影像的力量为自闭症儿童发出声音，让更多的人通过电影走进自闭症儿童的世界，去了解、发现、接纳这个群体。

2016年5月26日，"星星快行动"明星关爱自闭症儿童活动，来到了北京海淀外国语实验学校。薛晓路导演和北京大学心理系副教授魏坤琳一起分享了关于自闭症的认知，以及与自闭症儿童相处的点滴。薛晓路说："自已除了是一位导演，更是一位母亲，在当义工以及作为朋友不断接触自闭症群体过程中，她深刻体会到了这一群体在社会上的无助，"我希望未来能够让自闭症的孩子在进入校园之后，得到多一点的宽容和保护。"

今天的“星星雨”，在晓路和像晓路一样的志愿者及爱心人士的支持下，渐渐稳定下来，潜心学习专业，沉淀自己的知识，走出国门，探索社会福利保障体系下的孤独症服务，也更加清楚自己作为非营利机构的使命，更加坚定自己的专业服务理念，更加坚定为陪伴孤独症儿童成长而不断前行！

从《海洋天堂》电影上映，到现在《海洋天堂》小说出版，“星星雨”也非常感谢像薛晓路这样的志愿者，二十多年来没有放弃追求，通过坚持不懈的努力，终于让中国第一部以自闭症为主题的电影《海洋天堂》走上大银幕，也让《海洋天堂》的小说能跟读者见面。

感谢《海洋天堂》，用如此动人的叙事和画面让我们在现实与浪漫的游历中享受，在享受时思考，在思考中愉悦——这愉悦来自于一个发现：原来我们都如此地珍爱生命，珍惜每一个生命的权利和价值！

谨此表达所有自闭症儿童及家长对您的诚挚谢意！谢谢

文/星星雨

关于“星星雨”

北京星星雨教育研究所（简称“星星雨”）初建于1993年3月15日，是中国第一家专门为孤独症儿童及其家庭提供教育服务的民办非营利机构（NGO），创始人田惠萍是一位孤独症儿童的家长。希望通过以专业技术支持，帮助孤独症（自闭症）谱系障碍群体及其家庭平等融入社会，促进社会服务的健康发展，使孤独症人拥有平等的发展机会，享受正常化的生活。

目前，为3—6岁孤独症儿童提供以“行为训练（ABA）”为基础的个别化教育方案和学前训练指导；为家长提供 “行为训练技巧”培训和“家庭训练指导计划”；为13—18岁的青少年孤独症学生提供养护训练服务；为已参加过培训班的家长提供“反馈生”服务和“家庭训练计划”的追踪指导服务；在北京以外地区开展专业技术定点支援项目和异地家长培训课堂；为支援同业机构，发起了心盟孤独症网络，为同业机构组织能力建设培训和教师培训服务。

截止到2018年1月31日，“星星雨”为10000个孤独症儿童家庭提供咨询指导服务，为近4500个家庭提供了系统的行为训练支持，为近300家同行业机构培训了1500余名教师。

星星雨网站：www.autismchina.org;

星星雨微信公众号：xxy19930315

“星星雨”创始人田惠萍

校长王亮和创始人田惠萍合影

导演薛晓路讲述和自闭症儿童的故事

电影《海洋天堂》海报

薛晓路导演参加“星星快行动”活动

薛晓路导演和师生互动

薛晓路早年参加“星星雨”组织的活动

薛晓路导演不忘初心，在《不二情书》成功后仍不忘推广自闭症关怀